天国からの宅配便

Home delivery
from heaven

Hiiragi Sanaka

時を越える約束

柊サナカ

双葉社

contents

天国からの宅配便

時を越える約束

装画　宮下 和
装幀　岡本歌織（next door design）

著者エージェント／アップルシード・エージェンシー

第1話

パンドラのひみつ箱

事務室に、誰かの開けた弁当の臭いがむわっと立ち込めると、昼休みだな、と思う。

あーあー、と室長が大きな声を上げて伸びをして、ぱたんとパソコンを閉じた。毎日同じ時刻、室長は、あーあー、とやるので、時報というあだ名があるくらいだ。

弁当屋で弁当を注文していた人は、棚の上から自分の分を取り、そばにある休憩室へ行く。近くの定食屋で食べる人は連れ立って出ていく。四つの事務机が島のように固まっていて、その島が五つ。その一番隅の島で、三森《みつもり》弓月《ゆづき》は電話番をしていた。時間を一時間ずらして、自分だけ少し後で昼休みを取るという、今のやり方は気に入っている。

だいたいの人が出て行ったと思ったら、新卒採用で今年二年目の女性社員、緒方《おがた》つぐみが、

「三森さん、これよかったら」とアルミホイルで巻かれた何かを差し出してきた。「パウンドケーキです」

緒方の、つやつやしたピンクの唇が微笑みの形になっている。若いということは、髪の毛先から爪の先まで、みずみずしく若いんだな、とあたりまえのことを思う。

社内で弓月にプライベートな話題を話しかけてくる人はもうほとんどいないが、この緒方

に関しては、五十一歳で無口な弓月となんとか距離を縮めたいようだった。

ケーキのいびつな形といい、アルミホイルの雰囲気といい、手作りなのだな、とわかった。

「お気遣いいただきありがとうございます。でも、けっこうです」

断られるとは思っていなかったらしく、緒方は、浮かべた笑みを半分残したまま、ひきつった顔をした。ああ、このひとは、クラスでひとりぼっちの子がいたら、必ず輪の中に入れてやるような、やさしい子だったのだろう。クラスのみんなと仲良くしたい、全員仲良しがモットー。そのやりかたで他の社員とはずいぶん仲良くなったようだから、これ以上欲張る必要はないのだ。

一部始終を見ていた古株の女性社員、田原《たはら》が口を出してくる。社内でこういうもめ事っぽいことを見かけたら、なになに？　と率先して首を突っ込み、ひっかきまわして、興味が失せたあとは知らんぷりする田原らしい。丸々とした身体が重そうだ。「ちょっとお、三森さん、緒方ちゃんがせっかく作ってきたんだから、そんな言い方なくない？」

なにが（なくない？）だ。田原は自分とそう年が変わらないくせに、子供の影響か何か知らないが、妙に若ぶった口をきく。言うとすれば、〝そんな言い方はないと思いますが〟だろう。

ほら、田原のせいで〝なぜか〟という理由も言わなくてはならなくなった。

「個人の手作りは衛生状態に懸念があるので、わたしは食べません」

緒方はそれを聞いて、顔色を変える。

「え、わたしの家、別に汚部屋《おべや》とかじゃありませんよ……」

弓月は眼鏡のブリッジを少し押し上げた。

「誰が作ったのか、ということが問題なのではありません。わたしに家族はなく、看病してくれる人もおりません。ひとり暮らしのため、健康には人一倍気を遣わなければならないのです。摂取する食物については特に」

この、手作りケーキの緒方は、両親と住んでいるはずだった。たまに母手作りの弁当を持ってきている。田原が「緒方ちゃん、もう行きましょ」と促した。戸口で「感じわるーい」と、聞こえよがしに田原が言うのが聞こえてきた。緒方はそれでも、「すみませんでした……」と言い、三森に頭を下げると、手作りのパウンドケーキを手に、田原のあとを追って部屋を出て行った。

たぶん緒方は家族仲も良く、何不自由なく育ったのだろう。たいへんけっこうなことだ。育ちのいいひと特有の素直さだと思う。

きっと田原は「なんなのー、三森さんっていつもあんな口のききかたなんだよね、超感じ悪い。緒方ちゃん、気にしないでね。あの人は元からああいう人なんだから、もうほっときなよー」なんて語尾を伸ばしつつ言っていることだろう。

もちろん、「今お腹の調子が良くなくて」「小麦アレルギーなので」など、何事にも言い方があるのはわかっている。嘘も方便、人間関係を円滑にするために使うべきフレーズはいろいろある。それでも弓月は、嘘がつけなかった。手作りケーキは欲しくなかった。心から欲しくなかった。「あとで食べるね」と言いつつ、手作りお菓子をもらっては、毎回家のゴミ箱へ捨てるのと、二度とケーキなど出そうと思わないくらいに、最初からはっきり言ってやるのと、どちらが相手にやさしいのだろう。

〝嘘も方便〟という言葉から、嫌なことを連想してしまって、弓月は眉をひそめた。強く眉をぎゅっと寄せるのが癖になっているため、弓月の眉間には五十一歳にしてもう、太い縦皺が二本刻まれている。そのため真顔でも、いつも怒っているような険しい表情となる。街中で何かの勧誘をしている人も、弓月を避けるくらいなのだが、人を寄せ付けずにいられるのはちょうどよかった。女同士、気を遣いながらするうわべの会話なんてまっぴらごめんだ。「それいいわね」「可愛いお子さんですね」なんて一ミリも思っていないのに褒め合ったり、観てもいないドラマについて話を合わせたりするくらいなら、ひとりきりでいたほうがずっとましだった。

世の中には、思ったことをそのまま口に出してしまう、つまりは嘘がつけない人がいるというが、弓月自身は本来そういった性質ではない。それでも、弓月は注意深く、身の回りからすべての嘘を遠ざけるようにしていた。それは文字通りの嘘だけではなく、相手に合わせて、思ってもいないことを言うのも含まれる。弓月は嘘やそれにまつわることを連想すると、途端に昔に起こったある事件が、頭の中にパッパッと映像が切り替わるみたいにして押し寄せてくるのだった。冷や汗が流れ出し、めまいと動悸がして、気分が悪くなる。座り込みそうになることだってある。心療内科で長く治療を受けたが、完全に治ることはなかった。

こんな風な身体になってしまったのも、すべては、姉のせいだ。

二度と思い出したくもない、一歳違いの姉、陽子《ようこ》のせい——

『卒業』という映画がある。第四十回アカデミー賞を獲り、主演はダスティン・ホフマンとキャサリン・ロス、と言っても一九六七年の映画なので、今となっては、観ていなかったり、知らなかったりする人も多いはずだ。それでも、あまりにも有名な〝結婚式でヒーローが新婦を連れ去る〟という展開を知らない人はいないだろう。他の映画でも漫画でも、ドラマでもCMでもコントやアニメでもさんざんやりつくされて、むしろ（ああ、あれね……）となる展開だ。映画『卒業』は、真実の愛に気づいたヒーローが、教会の二階から新婦の名を叫ぶ。止めようとする人々を押しのけて、ヒーローは新婦のもとへ。新婦はウェディングドレスのまま逃げ、ふたりで走ってバスに乗り込む。

そこで、サイモン&ガーファンクルの名曲「サウンド・オブ・サイレンス」が流れ、バスが走り去って映画は終わる。スタッフロールが出てきて、めでたし、めでたしだ。映画ならそこで終わる。現実はそうではない。

あれは、三十年前の初夏のことだった。当時二十二歳だった姉、陽子の結婚式は、キリスト教式で――とはいえ、結婚式場のはりぼて教会だったが――外国人牧師の前でふたりが真実の愛を誓い、指輪を交換して誓いのキスをするところまで、滞りなく進行していた。そのとき、「ＹＯＫＯー!!　ＹＯＫＯー!!」と名を叫ぶ外国人が教会の扉から現れ、結婚式場の係員も必死で押しとどめる中、もみ合いとなった。

それでどうなったかと言うと、姉、陽子は両腕をがばっと開き、「マルコー!」と悲痛な声で叫び返した。いや、それまで、控室で「お父さんお母さんありがとう、弓月、ふたりをよろしくね」と涙を流し、お相手とも寄り添って、今さっき永遠の愛を誓っていたはずの姉が、涙を流しながら、「マルコー!」である。そのマルコとかいう、金髪の外国人の男は扉を開けて入ってきて、駆け寄る姉の手を取った。姉はヒールを脱ぎ捨て、長いスカートをたくし上げると、男と手をつないで走り去る。金髪で長身の男と、ウェディングドレスの姉の組み合わせは、本当に映画か何かの撮影のように絵になっていた。

人間、予想外のことが起きたら動けなくなるものである。さんざんやりつくされたような、『卒業』のアレを、本当にやる人がいるはずないじゃないか。弓月だって、（何この演出）と思ったくらいだ。人のよさそうな新郎も、しばらくぼんやり扉を見つめていた。白いバージンロードの真ん中に、白いハイヒールだけが照りよく落ちていた。

誰もそのまましばらく動けなかった。「えっ」「どういうこと」「何？」というようなささやきが、だんだん大きくなる中、バタン！　という鈍い音がした。母親が留袖のまま、丸太のように倒れていた。あまりのことに気絶したのだ。カタコトだったはずの牧師が駆け寄り、流暢《りゅうちょう》な日本語で「大丈夫ですか、女性の方来て下さい。すぐ帯緩めて」などと指示を出し、救急車が呼ばれた。真っ青な顔をして膝をついた新郎は、具合が悪くなったのか、自分の兄に肩を貸してもらって、えずきながらどこかへ向かう。「どういうことなんだ！」と詰め寄る相手方の親族に、伯母が「あんな外国の人知りません！」と怒鳴り返し、姉の友人たちは泣き出してつけまつげが落ちる。来賓で呼ばれていた恩師は口をパクパクさせて鯉みたいだった。祖母は「よくわからないけど珍しい式だね」とニコニコしていた。

目の前であまりのことが起きると、感情が消えると知った。怒鳴り声、泣き声、問いただす声、わけがわからなくなったひきつり笑い、式場の中は、いろんな虫をぎゅうぎゅうに入れた虫かごを振った後みたいな混乱の極みで、その真ん中で立ち尽くす弓月は、これが修羅場というものか、と思った。

それ以来、もう三十年、姉とは会っていない。姉は、新婚旅行に行くはずだったパスポートで、マルコ（後の知人たちへの調べで、マルコは日本に観光に来ていたイタリア人だとわかった）と共にイタリアに飛んだらしい。その後どうなったのかはわからない。日本に帰ってきたとしても、あんな事件を起こして実家に帰ることは、さすがの姉でもできなかったのだろう。イタリアなのか日本なのか、もうどこの国にいるかもわからず、連絡もつかないので、当然、姉は親の死に目にも会えなかった。弓月は両親をひとりで看取った。

百歩譲って、本当は結婚したくなかったとか、相手のことが嫌になったとか、姉のほうにもそういった事情はあったのかもしれない。無理して結婚して、一生を我慢のもとで過ごせとは言わない。弓月が許せないのは、なぜ姉は正直に、前日でも、式の開始前でもいいので「やっぱり結婚やめる」と自分の口から言い出さなかったのか、ということだ。言えば、そのときは揉めるかもしれないが、結婚式の幸せの絶頂でいきなりみんなを修羅場につき落とすよりは、よっぽどましだ。

姉が結婚式の最中に忽然《こつぜん》と消えてしまったため、相手方が憎しみをぶつける対象はそのまま両親となった。相手方は弁護士を立て、慰謝料、式場とハネムーンのキャンセル代、新居の購入費と搬送済みの家具代など、もろもろあわせてすごい金額を請求し、父母は支払いに追われた。弓月が将来結婚するときのためにと、取っておいたお金も全部、賠償に充てられた。あまりの姉の無軌道ぶりに、疎遠になった親戚もいる。律儀で真面目な父母は、方々に土下座をして謝ってまわった。その姿はまるで犯罪者の親のようでもあった。ただでさえ噂の広まりやすい田舎だ。弓月の一家は、口さがない人々の格好の噂の的となった。姉の結婚するはずだった相手が地元の名士だったこともあり、両親は仕事も辞め、終《つい》の住処にするはずだった自宅を売り払わなければならなかった。弓月も両親と一緒に、住処を追われるように、誰も知り合いのいない東京近郊の古いマンションへと越してきた。三人で暮らすには手狭な部屋だったが、他に行くあてはなかった。

　姉のしでかしたことは犯罪ではないかもしれないが、家族や新郎の心は姉が殺したのと同様だった。みんなの前で大恥をかかされた新郎は、仕事も辞めて、しばらく家に引きこもったそうだ。弓月の両親が、平均寿命よりもずっと早く亡くなってしまったのも、抱えきれないほどのストレスが祟《たた》ったのだと思っている。

　元新郎が社会復帰を果たし、心痛を十年も引きずったうえで、ようやく別の人と結婚したと人づてに聞いたときには、心からほっとした。それでも、弓月は自分が誰かと心を通い合わせて交際したり、結婚したいとはまったく思えなくなっていた。姉は、本当に「マルコー！」の前までは、幸せな新婦そのものだったのだ。新郎との仲だって決して悪くなかった。

それなのにマルコと共に、手を取り合って結婚式場を飛び出していける姉という存在は、弓月にとっては人間とは違う何か——例えば人間に擬態したモンスターのように思えた。弓月は、もう、他人などとても信じることはできなかった。血のつながった、長年共に暮らしてきた姉ですら家族を裏切るのだ。どうして家族でもない人間を信じられようか。

　とはいえ姉は突然、結婚式の日にそんな行動に至ったのではなく、「マルコー！」事件の前から予兆めいたものはあった。姉の目立ちたがりは小さいころから度を越していた。小学校のダンスでも劇でも、演出に口を出し、必ず一番目立つ役をやった。ピラミッドのように並べたクラスのみんなを踏み台にして頂上で独唱とか、姉を中心にした同心円のダンスとか、本来ならば、「あの子ひとりだけ目立たせるのはどうなんでしょうか」という保護者のクレームが来そうなものばかりだが、その心配はなかった。なぜなら、陽子は陽子だからだ。

　誰もが目を見張るほどの美しい顔立ちだけでなく、頭も良くて機転が利き、手足もほっそりと長く、身体つきも均整が取れ、運動神経も良く、要領も良く、誰よりも華があった。

（なんであの子ばっかり……）という嫉妬や羨望が芽生えても、（まあ、でもあの陽子なら仕方がないか）と誰もが納得する。クレームを入れかけた保護者も、（とはいえ、うちの子を代わりに出せとは、とても言えない）と口をつぐんで、陽子の姿を目で追うような、異様な存在感があった。

　姉、陽子は確かに魅力的な人間だった。そして、同時にどうしようもない嘘つきでもあった。「実はある国の王族の血を引いていて」なんていう、他の子が口にするなり馬鹿にされるような、めちゃくちゃな嘘でも、陽子ならあるいは……、と思わせるような何かがあった。むしろ、そうであってほしいと思ってしまうくらい、陽子の嘘はするりと人の心に入った。「ある国の王族の血を引いていて」と言っていた次の日に、「父と母はスパイで国家の機密に関わっている」などと言い出しても、昨日と違うこと言ってるよね、とは誰も追及しない。陽子が言うならそうなんだと納得する。次は何が飛び出すだろう、どう驚かせてくれるだろうと、〝陽子劇場〟は娯楽の少ない田舎の、みんなの楽しみだった。アマゾンの毒蛙が鮮やかな色をまとうように、陽子はその美しい身体を、大きい嘘、小さい嘘で飾りたて、そのフィクションごと皆の注目をあびていた。実際、クラスメイトだったら陽子を見ていて飽きず、楽しかっただろう。クラスメイトだったら、だ。

　では妹の弓月のほうはというと。親は、太陽と月、というように対比させて名づけたわけではなかったのだろうが、結果的にそうなった。誰もが目で追い、「陽子さん知ってる？」と訊くと誰もが当然「知ってる」と言うような姉、陽子。しかしその妹、弓月は、容姿にも特筆すべきことはなく、頭脳は平凡であまり融通が利かない。手足は短くずんぐりしていて、どんなに走っても痩せなかった。運動神経も鈍いほう、人付き合いは下手。物覚えも悪い。

一年同じクラスにいても、クラスメイトに名前を間違えられるほどの存在感の無さだった。とはいえ、弓月はどこにでもいるような、ごく普通の子にすぎなかった。ただ、姉の陽子という存在が強すぎた。何かの大きさを説明するとき、引き合いに出される五百ミリリットルのペットボトルみたいに、弓月は陽子の隣に並べて比べられる対象となった。「弓月ちゃん」より「陽子さんの妹」と呼ばれるほうが多いくらいで、遺伝子の搾りかす、と陰口をたたかれたこともある。

弓月と母とは、首や手首、足首の太いもっさりした外見と猫背がよく似ていたし、融通が利かず、頑固で視力が悪いところは父譲りだった。トンビが鷹を生む、というような言葉があるが、陽子は父と母の遺伝子を掛け合わせたときに、奇跡的にいろんなことが良く作用してああなったのかもしれない。遺伝子のエラーが何かの病気を引き起こしたりするように、その逆もまた、あるのかもしれなかった。

これだけ姉妹の間で格差があると、父母は可愛らしくて甘え上手な陽子ばかりを可愛がり――となりそうなものだが、そうではなかったのは救いだった。会う人会う人、みんなから褒められる姉に対して、まったく人の話題に出ない妹がひがんだりしないように、せめて家の中だけでもと、よく愛情をかけて育ててくれたように思う。

姉の陽子は中学を卒業後、高校に進学したが、一年目で退学し、東京の芸能事務所にアイドルの卵として所属することとなった。繁華街を歩いていてスカウトされたらしい。こんな台風みたいな姉に芸能界は似合いの場所かもしれないと思ったが、姉にいくら魅力があるとはいえ、それは一地方都市での話にすぎない。芸能事務所には、全国から宝石の原石のような子たちが集められてくる。しかも、その子たちはコツコツと努力ができ、アイドル志望として性根も据わった子たちだ。当然のごとく、姉は埋もれた。そう、姉の最大の欠点は、地道な努力が大嫌いということだった。

　顔や姿が綺麗というだけで渡っていけるほど芸能界は甘い世界ではないらしい。自分よりも明らかに容姿の劣る子が、努力の結果デビューし大ブレイクをするのを尻目に、姉は、「やーめた」と芸能事務所をあっさり退所し、地元に戻ってきた。

　姉は飢えていた。容姿が整っていようが、健康で何不自由なく暮らせていようが、周りから可愛がられていようが、それでも満たされぬ何かがあるのだと知った。これ以上、何が欲しいと言うのだろう。みんなにこっちを見て欲しい、みんなから褒められたい、みんなにすごいと言われたい、そんな承認欲求は、ひとつの呪いだ——と弓月は思う。

　姉は、地元に戻ってからも特に働かず、家でごろごろしていた。今の世の中だったら絶対にＳＮＳを悪い意味で騒がせていただろう。

　当然、実家で暮らすだけでは姉の承認欲求は満たされない。手軽に「あなたが一番」「あなたはすごい」「可愛い」と言ってもらえて、承認欲求が満たせるものと言えば、お手軽な恋愛だった。それでも姉の欲望とわがままは底なしの穴で、頻繁《ひんぱん》に恋人をとっかえひっかえしてトラブルが絶えなかった。ようやく、温厚な年上の男性と結婚が決まったときには、両親は、これで陽子も落ち着くだろうとほっとしていた。

　唐突に、姉の、「弓月はずるい」という声を思い出す。陽子は、両親だけでなく、よくわからないことで弓月にもつっかかってきた。誰がどんなに好意的な視点で探しても、妹の弓月が姉に勝ったところなど、ただのひとつもなかっただろう。姉なりの理屈で「ずるい」などと言われることに、納得はいかなかったが、姉が消えた今、なにがどうずるいのか、その真意を聞くことはできない。

　たぶん――今となっては、その真意を聞くことは一生ないだろうと弓月は思う。姉とは会わずにもう三十年が経った。なんとなくだが、姉は、どこかで亡くなっているような気がするのだ。仲のいい姉妹ではなかったけれど、それでも相手の気配みたいなものは感じることができた。離れていても、薄くつながる細い糸、見えない縁のようなものがあった気がする。数年前から、それを感じることができなくなった。けれど、姉の生死を確かめるすべはない。

　あれから何十年も経っているというのに、姉の裏切りを少しでも頭に思い浮かべたり、嘘を連想したりするだけで、弓月の額には冷や汗が浮き、具合が悪くなった。吐き気を抑えながらトイレに駆け込むこともある。姉は、家族の心を傷つけるだけ傷つけてどこかに消えた。

自分自身で、家族が選べたり、交換できたりするならどれほどよかっただろう。特別何かに秀でていなくてもいい。美しくなくてもいい。ただ、普通の姉が欲しかった。

三連休初日の土曜日の午前中、十時ぴったりのこと。弓月のアパートの部屋に、いきなり宅配便の訪問があった。

ドアの覗き穴から見ると、魚眼レンズの中、宅配便の女は、ほっそりして背が高く、グレーの制服を着ていた。手のひらに乗るくらいの、小さな箱を抱えているのが見える。

母は、故郷から引っ越す前、近所で本当に親しくしていた人だけに「もしも万が一、陽子が帰ってきたら、こちらの住所を知らせてほしい」と、新しい引っ越し先を教えておいた。それでも、三十年経っても便りはなかった。両親とも、製本工場で働き、ほとんど知り合いらしい知り合いも作らずに、せっけんがすり減るように生涯を終えた。弓月も、学生時代にいた数少ない友人たちとは縁がとうに切れており、ほとんど天涯孤独となっていた。父母が亡くなり、家族が自分ひとりになったとしても、働いて、ご飯を食べ、この人生を生きていかねばならない。人と会話するような場所は職場ぐらいだが、職場の飲み会に弓月ひとりだけ誘われないくらいに、人間関係は冷え切っている。だから、宅配便の荷物をいきなり送りつけてくるような知り合いは、誰ひとり思いつかない。

でも姉なら、という予感がして、弓月はきしむ鉄扉《てつぴ》を開ける。

若い配達人は、静かに告げた。

「〝天国宅配便〟です。お荷物のお届けに参りました」

配達人が、制帽をかぶった頭を下げて荷物を差し出す。

「わたくしども天国宅配便は、ご依頼人の遺品を、しかるべき方のところへお渡しするという仕事をしております」

〝天国〟という言葉と、〝遺品〟がつながった。この荷物が自分に関係するとすれば、もう、この世にひとりしかいない。

「姉の陽子は、死んだんですね」

名札に「七星《ななほし》」とある配達人は、驚いたようにこちらを見た。「ええ、お亡くなりになりました……。こちらの贈り物は、ある事情があって、三森弓月様宛てに――」

「姉に関する一切の権利を放棄します」弓月はなんの感情も込めないようにして言った。この配達人に感情をぶつけたところで姉には何も届かない。「姉から受け取るものはなにもありません。お帰りください。必要であれば、書類に権利放棄のサインをいたします」

姉からのものなど、どうせろくなものではないはずだ。どんな負債や業《ごう》を背負わされるか、わかったものではない。扉を閉めかける弓月に、荷物を手にした配達人の七星は、焦ったように言葉を継いだ。

「このお荷物に関してなんですが、ご相談がありまして」

「相談されることはなにもありません」

「でも、実のお姉さまに関する贈り物となりますから……」

弓月は奥歯を噛みしめる。死後とはいえ、姉からどんな小さなものも受け取るのは嫌だった。姉のやったことを考えると、もの一つを受け取って簡単に許せるようなものではない。

「姉の人生の締めくくりの演出に、駆り出されるこちらはたまったものではありません。その荷物、イタリアからか知りませんが、そんなもの持って帰ってください」

「イタリア……？」

七星は、不思議そうにしている。姉は、マルコとイタリアに逃げたはずなのだが。

「イタリアじゃないんですか」

「いえ。イタリアではなく、韓国です」

韓国？　まったく予想だにしていなかった国名が出てきて驚く。

すかさず、「事情も事情で複雑ですので、このお荷物の説明と、お姉さまの件もあわせて説明させていただければと……」と、七星が宅配の箱を、また両手で差し出してきた。

弓月はその小さな箱を受け取り、仕方なく七星を家に上げた。七星が失礼します、と靴を脱ぐ前に、弓月は「繰り返しますが、姉の、何か金銭的な肩代わりなどは一切いたしません。もしそれが訪問の目的なら、一切判はつきませんし、サインもしません」と言い切った。なめられやすい中年女のひとり暮らしだ。これくらい強めに警告しておいて損はない。

七星は頷く。「ええ、もちろん何のご負担もありません。そちらのお荷物は、お姉さまである陽子さんが、最後に持っていたものです。古いもので、ずっと大事になさっていたもののようです」

受け取った荷物の重みに、覚えがある。この大きさ、この感覚、少し振ると中身が動いた。制帽をとった七星がこちらを見ている。もらった名刺には七星律《りつ》と記されていた。この子の目は大きくて、妙に澄んでいるなと弓月は思った。中身への好奇心でもない、開けることへの期待でもない、ただ、何かを見届けようとするように、朝の森みたいな静かな表情でいる。

弓月が荷物の重みと感触を確かめているうちに、手の中の荷物のイメージが、あるひとつの箱の形になった。

「……箱根の、寄木細工のひみつ箱」

七星は、やはり姉妹だ、というような表情で、頷いて微笑んだ。正解らしい。

「どうぞ、開封なさってください」

思い出す。箱根の寄木細工といえば、いろんな色と質感の木を組み合わせ、幾何学的で細かな模様をびっしりと形作る、とても美しい伝統工芸品だ。そのひみつ箱はというと、箱の一部分を押したり引いたり、正確に操作していき、正しい手順をふむことで、やっと箱を開けることができる、金庫のような仕掛けとなっている。

あれは忘れもしない小学三年の頃だった。家族旅行で箱根に行って、父の古い知り合いの寄木細工職人の工房を訪ねた。お土産に、姉と弓月はひとつずつ、同じひみつ箱をもらった。姉はいろんなところで見せびらかしたこともあって、早々にそのひみつ箱をどこかでなくしてしまった。弓月はその箱を大事にしていたが、ある日、姉にそれを取り上げられた。

姉は、ひみつ箱のことを友人たちに自慢したので、友達に見せるため学校へ持って行くのだと言う。けれど、学校から帰ってきても、ひみつ箱は弓月のもとへ戻らなかった。「いつ返してくれるの」と問い詰めたが、姉は、「あの箱？　ああ、中身をいっぱいにして返してあげるから。いつ？　さあ、いつかね」と言ったきりだった。どんなに泣いて頼んでも、箱は戻ってこなかった。

段ボール箱を開け、緩衝材をどかすと、中にはやはり、例のひみつ箱が入っていた。細かい斜め格子、濃い色と薄い色で形作られる互い違いの四角、羽根の陰影まで表した風車に細かな花びら、そんな幾何学的で緻密な模様はそのままに、箱は昔と変わらぬ様子で出てきた。何色もの木材が組み合わされており、今見ても見事な細工だと思う。まぎれもなく、これは自分の、特製のひみつ箱だ。

　手に持つと、カラン、という音がした。何か、中身が入ったままらしい。

「この箱のことを、ご存じですか」と七星が訊いてくる。

「ご存じどころか、元はわたしの箱でした」

　少し操作すると、箱の一部分が滑らかにスライドした。

「開け方、覚えていらっしゃいますか」

　もうはるか前のことだから記憶があやふやだ。しかも、これは職人が新しい仕掛けを研究したいと思って作った試作品らしく、開け方が通常のものよりだいぶ複雑なのだった。たしか、二十五以上の手順によって開けるのだったか。弓月は昔からこういった細工ものが好きなこともあって、「ひみつ箱の開け方」という解説書とにらめっこして、飽きずに開けたり閉めたりを繰り返した。何度も繰り返すうちに、手が開け方を覚えた。

　とはいえあまりに仕掛けが複雑すぎたため、その後、商品としての販売はされなかったようだ。箱を振ると、やはり中からカラカラと硬質な音がする。箱の中のものは、イメージとして、パチンコ玉よりは大きく、ピンポン玉よりはもっと小さい、何か硬いものだ。

「これの中身は」と弓月が訊いてみたが、七星は「中身に関しては、わからないのです」と言った。

まだ手順を覚えているかと思って、数回やってみたが、すぐにひっかかって動かなくなった。

「……箱の開け方は、手順がかなり複雑なので、今すぐここで開けてみせる、ということは難しいかもしれません。工房の名前は覚えているので、連絡を取ることはできます」

姉の最期がこの箱と一緒だったというのは、やはり妙な気がする。姉は、このひみつ箱に、何を入れたのだろう？　金庫として使っていたのなら、宝石か何かだろうか。

「何か、わたし宛ての手紙などはありましたか。『ひみつ箱の開け方』という解説書もたしか、姉が持って行ってしまったのです」

「いえ。この箱のみです。解説書もなかったのではないでしょうか。実はこの依頼は、陽子さんの親族の方が、代理で弊社に頼んでくださったものなのです」

「親族？」

「はい。陽子さんは韓国で結婚なさって、お子さんがふたりいらっしゃいます」

「ちょっと待って、韓国で結婚？　韓国でイタリア人と結婚したということ？　子供も？」

一度に出てきた情報があまりに多くて戸惑う。

「いえ、イタリア人の方ではなく、韓国の方と結婚なさったかと……」

じゃあ、あのマルコとかいうイタリア人はどうなったんだ。めまいがする。

「実は、そのお子さんたちが、どうしても叔母さんである、弓月さんにお会いしたいと、今、ふたりとも日本に来ていらっしゃるんです。滞在は一週間ほどということです。どうか、ほんの少しでもいいので――」

天涯孤独のはずが、自分には甥か姪がいるというのか。しかも外国人の。それも、今日本に来ている？　あまりに突然のことに理解が追い付かない。

「いや……ちょっと待ってください。いきなりそんな……それに、姉とは三十年会ってないし、お話しできるようなことは何もありません」

七星は、弓月の言葉を聞いて、少し言いよどんでいたが、決心したように口を開いた。

「韓国で陽子さんが住んでいらした部屋には、ほとんど荷物らしい荷物はなかったようです。このひみつ箱と、天国宅配便に関するメモと、元のご実家の住所、送り先として弓月さんのお名前がありました。実は……陽子さんは、お子さんふたりのもとから、十八年前に失踪しています。理由はわかりません。お子さんたちは、最後に手元に残されたこのひみつ箱によって、何か母親の、失踪の事情がわかるのではないかとお考えなのです」

知らず知らずのうちに、弓月はかたく目を閉じていた。頭皮に十本の指を突き立てるようにして、頭を抱える。なんてことだ。姉は、一度ならず、二度までも家族を捨てて、どこかへ逃げたと言うのか――

七星の話によると、姉は二年前、五十歳になったばかりのころ、ソウル近郊の道端で倒れ、そのまま息を引き取ったという。身元を確認するものをひとつも携帯していなかったことと、家族からの届け出もなかったことから、身元照会が遅れ、韓国での行旅死亡人として扱われたそうだ。すでに荼毘に付されたあとだという。

いったい、姉は何でそんな、とりかえしがつかないことを。

糾弾する相手はもうこの世にいない。〝勝ち逃げ〟というような言葉が脳裏に浮かぶ。

七星が、控えめに声を掛けてきた。

「どうか、お願いします。おふたりのお子さんたちは、お母さまである陽子さんのことを調べているのです。どんなささいなことでもいいので知りたいと。お子さんたちは、まだ当時小さかったのに、お母さまが突然いなくなって、どんなにか辛かったろうと思います」

顔を上げると、七星が深々と頭を下げた。「どうか、配達人のわたしからもお願いします」

弓月は考え込む。姉の二度にわたる失踪。残されたひみつ箱。この箱が、姉の最後のメッセージとなるかもしれない。そして、中に入っている何か――

しばらく、テーブルの上のひみつ箱を、弓月も七星も無言で眺めていた。

ますます姉という人間がわからない。記憶の中の姉は、誰もが息をのむほどに美しい姿で佇《たたず》んでいる。黒目がちなその目がどんどん光を失い、ふたつの暗い穴のようになった。そこには奈落の底を色にしたらこんな黒だ、と思うような、真の闇があった。

同時に、弓月は知りたいとも思った。姉がいったい、韓国で何をしていたかを。

「わかりました。姉の子供たちと会いましょう」

「ありがとうございます！」

七星は「ちょっと電話を」と断ってから、どこかに電話をかけ始めた。しばらく話した後で、「それでは、弊社事務所にまいりましょう」と言った。

七星は、天国宅配便という社名と、羽根のロゴマークが入っている赤い車に乗ってきていた。中は綺麗に整頓されている。

「これでいつも配達してるんですか」

「配達バイクのときもありますが、花束や、大きなぬいぐるみなどは、こちらの配達車で運びます」

七星の運転は的確だった。バスやタクシーなどでも、ひどく身体が揺られるような、疲れる運転をする人がいる中、七星はきちんと過不足なく加速し、段階を踏んでブレーキングしているため、車は滑るように動いた。七星が運転しながら言う。

「本来、天国宅配便は、ご依頼人自らで弊社に依頼していただき、預かったお荷物を死後にお届けするサービスです。今回は、イレギュラーなことですが、依頼人の親族であるお子さんたちが代理で手続きをなさいました。陽子さんの部屋に、弊社の連絡先と、元のご実家の住所、手続きのための書類がそろっていたようなので……」

　ということは、姉はもう長くないと自分でわかっていたことになるのだろうか。弓月は、手元の箱に視線を落とした。この箱の中身はいったい、何なのだろう。

　四十分ほど行ったところで七星が車を駐車場に止めた。少し歩いて角を曲がり、こちらです、と、古いビルを示す。上階はギャラリーのようで、雪山のモノクロ写真のポスターが貼ってあった。

「あ。韓国の人っていうことですが、どうやって会話するんですか」

　気になっていたことを訊く。

「おふたりは姉弟なのですが、弟さんのテヨンさんのほうは、大学で日本語を勉強しているそうです。お姉さんの、ミアさんは英語を話します。弊社への手続きは英語でした。弊社の社長も英語はまあまあできるので、話が通じなくて困るということは、たぶんないかと……」

弓月は、コンビニなどで外国の人に接客されることはあっても、何かを話し込んだりすることは初めてだった。初めて会う、姪と甥ということになる。しかも、外国人の。

「ふたりは、おいくつくらいなんですか」

「お姉さんのミアさんが二十八歳、弟のテョンさんが二十三歳です。テョンさんは大学生で、ミアさんは会社員ですが、休暇を取ってこちらに」

エレベーターが二階に着き、七星が天国宅配便と書かれた扉を開ける。宅配便の事務所は、もっと殺風景なところだろうと思っていたが、隅には観葉植物も置かれ、インテリアの様子も目に心地よく、意外な気がした。こちらです、と応接室に通された。応接室には、大きなテーブルと、座り心地のよさそうな椅子が何脚か置かれていた。

応接室の中で、七星と同じグレーの制服を着て、几帳面そうな顔立ちをしている眼鏡の男性とまず目が合った。この人が社長のようだ。とりあえず挨拶する。名前は、白戸《しらと》ということだった。

その隣に、黒髪の若い男女がいた。自分も食い入るように見つめているが、相手の姉弟も、目をそらさずにこちらをまっすぐ見つめている。弓月にはわかった。お互いに、姉の——母の面影を探しているのだ。目は似ているか。輪郭は。頬骨は。顎はどうか。鼻の高さ、眉の形は……。

姉のミアは、陽子と似ていると言えば似ているが、ミアのほうがもっと色が白くて肌がきめ細かい。テレビで見た韓国のアイドルグループの人みたいに、ほっそりしていて、腰の位置も高いようだった。癖のない髪を肩のところで切りそろえている。テョンは、よく鍛えているのか身体に厚みがあって肩幅もある。短髪は日本のカットと少し違っていて、どことなく外国人だとわかるような雰囲気だ。眉の形は美しく整っており、こちらも陽子に似ていると言えば似ているが、決定的な点は見つからない。

「ミアさん、テョンさん。こちらが三森弓月さん、お母さまである陽子さんの妹さんです。弓月さん、こちらがキム・ミアさん、こちらはテョンさんで、韓国の馬山《マサン》のご出身です」

　社長が、交互に紹介する。

「こん……にちは」ミアが言う。「はじめまして。キム・テョンです。よろしくお願いします」とテョンが言ったが、その日本語があまりに流暢なので驚いた。

「この前も思いましたが、本当に日本語が上手ですよね」と七星も感心したように言う。

「いえ」テョンが目を逸らす。「わたしは復学生です。兵役が済んで、釜山《プサン》大学に復学しました。そのため、日本語の、多くのことを忘れました」と言う。七星が、兵役についていろいろ質問し、テョンが丸二年休学して、その間に軍事的な訓練を受けていたことを知った。すぐ隣の国でも、いろいろと事情が違うらしい。目が鋭いのは、兵役帰りだからか。日本人の大学生とは、少し雰囲気が違い、大人びて見える。

とりあえず、出されたお茶を一口飲んで、弓月は口火を切った。言うべきことは言わなければならない。

「はじめにはっきりさせておきましょう。姉は財産をひとつも残しませんでした。相続した土地などもありません。残したのは莫大な負債で、わたしたちの手元に残ったのは、築四十年の古いマンションの一室だけです。そのため、あなたがたにお金や土地など、何もお渡しすることはできません。あなたがたが何らかの金銭的な期待をしてここにいるのなら、この話し合いは無駄になるでしょう」

一瞬で部屋の雰囲気が凍り付いた。日本語がよくわかっていないミアだけが、こちらと周りの顔を交互に見て、不安そうな表情でいる。

「わたしたちは、お金がほしいためにここに来たのではありません」そのままテヨンはミアに韓国語で何か告げると、ミアの表情がさっと悲しそうに沈んだ。

テヨンの目は、こちらを睨《にら》みつけるようだった。

弓月は続ける。「疑っているわけではありませんが、まず、あなたがたが姉の子供たちであるという証明を出してください」

「それなら、あなたも出してください」テヨンが言う。「あなたは詐欺師《サギックン》……詐欺の人を見るときの目でわたしたちを見る」

「まあまあまあ……」と、七星がとりなすように両手を動かしながら言う。「ほら、最初は会ったばかりですから、まずはお菓子でも」はは、と乾いた笑い声を出し、唐突に、睨み合いの真ん中にお茶菓子を出してくる。「おかき、どうです？」反応がないのに焦ったように「チョコレートもあります」と、箱を出してきた。

「けっこうです」「いらないです」七星がしゅんとしている。

テヨンが「まあ、いいです。そっちがその風なら、わたしたちもそうします。これは母の写真です」と、机の上に、アルバムを出した。

弓月も、アルバムを出した。父がいつか捨てようとしたのを、母がこっそりとっておいて、隠しておいたものだ。七星が出がけに、「話し合いの中で、陽子さんの過去の写真などが必要になるかもしれません」と声を掛けてきたので、荷物の中に入れておいたのだ。

テヨンは、こちらを睨むように一瞥してから、長い腕を伸ばしてアルバムを取った。

七星が「どうぞ」とこちらに先方のアルバムを出してくる。開くと、姉がいた。結婚式の写真だ。韓国の伝統的な服を着て、にっこりと微笑んでいる。なじみのない原色の配色の服に、編み上げた髪形も化粧も、日本のものとはまったく違っているが、それは確かに姉だった。何枚も写真がある。写真館で撮った写真、赤ちゃんを抱いている写真、お腹が大きな写真……。どれも、姉は屈託のない笑顔を見せていた。

同じように、姉弟は弓月の出したアルバムをふたりでのぞき込むように見て、韓国語で何か声を上げている。

「わたしたちの、お母さんです」とテヨンが、さっきよりも少し明るい声で七星に言った。

「姉です。間違いありません」弓月も言った。

七星はホッとしたように笑って、「これで、実の叔母さんと、実の甥と姪ということが、はっきりしましたね。よかったです」

それでも、しん、と部屋は静まり返っている。

そこで社長が、「状況を整理するために、ここで皆さんの情報をまとめてみませんか。陽子さんの年表を作りましょう」と言い、別の部屋から、キャスター付きの大きなホワイトボードを押して持ってきた。キュポ、とペンのキャップを外して、一番上に、三森陽子さん、と名前を書いた。誕生日も聞いて書き込む。社長が誕生、昭和四十六年と書き、頭の中で計算したのか、少し止まって、一九七一年四月四日と西暦の日付を隣に書いた。

テヨンとミアが何かを話し合っている。「母は、一九七一年生まれと、わたしたちも知っています。でも、〝両親もいない、家族もいない、孤児《コア》、……捨てられた、家族のない子だったので、誕生日は無くて、誕生日を作った〟と言いました」

姉の大嘘だ。途端に胸の奥がざわめき、めまいの予感がしたが、ハンカチをつかんで必死で抑えた。もう姉は死んだのだ。こちらに影響はない、もう姉は何もできない、姉の嘘で何も起こらない、と何度も心の中で唱える。社長はホワイトボードに線を引き、真ん中で分けて、右に孤児、と書いた。どうやら、左が弓月側の情報、右がミア・テヨン側の情報らしい。姉が、幼稚園に通い、小学校にも通っていたことを、アルバムの写真を見せながら説明する。

「姉は孤児ではありません。この通り両親もいますし、親戚もいます。自宅もありました。ごく一般的な日本の家庭だと思います。とくに喧嘩が多かったということもありません。普通の家です」

ミアが、テヨンの説明に頷いている。「姉は、お母さんに、小さいころ、家があってよかった、と言っています」

この子たちは、こんな大嘘まみれの母親なのに、母の幼い時分に、ちゃんと家があったことを喜べるんだな、と思った。

しかし、いくら生来の嘘つきとはいえ、姉はなんでそんな嘘をついたのだろう？

テヨンが説明したところによると、姉は幼少期を孤児として暮らし、歌を歌いながら路上で生活していた。親切なお金持ちに歌の才能を見出され、拾われて育った。いつも隣に猫がいた。猫の名前はムーン、と話していたようだ。

あまりに荒唐無稽な姉の嘘に、吐き気より先に、ただただ呆れた。何が歌の才能だ。稽古を投げ出して田舎に逃げ帰ってきたくせに。

しかしこうやって姉の発言を表にして、発言はこうでした、嘘はこうでした、事実はこうでした、とすべてをホワイトボードの上に明らかにしていくことは、果たして、この子たちにとって本当にいいことだろうかと思う。知らなくていいことを知ってしまう気がしてならない。

姉が高校を中退して、芸能事務所に入ったことを説明すると、テヨンも何かを思い出したようだった。「シノノ……」

「東雲《しののめ》エリカ」と言うと、テヨンが、はっとこちらを見て、「そうです」とシノノメエリカと母がかつての友人だったと説明した。

ここで初めて両者の話が一致した。社長は、真ん中に東雲エリカと書き、二重丸で囲った。

あの時代は景気が良かったこともあるのか、地方でスカウトしたアイドルの卵を東京の寮に入れ、養成するといったことも行われていた。東雲エリカはその寮の同室で仲が良かったと、姉はいつも自慢げに話していた。

アイドルグループが流行る前のいっとき、歌手の東雲エリカの人気は、一曲だけ花火みたいにパッと燃え上がり、すぐに消えた。ある意味、結婚してきっぱり引退するのは潔いとも言えた。

社長が、そちらの線からも調べてみましょうといい、さっそく七星が事務所に電話をかけてこちらの事情を説明する。すると、十五分と経たずに折り返し電話がかかってきた。

「東雲エリカこと、松本《まつもと》絵里《えり》です。陽子ちゃんが亡くなったと伺いました……」スピーカーホンから聞こえるその声は、悲しみに満ちていて、ああ、姉の死を心から悼《いた》んでくれる人がいるんだな、と思った。

同じ部屋だったのは、たった数か月のことだったらしいが、ずっと印象に残っていたという。どうしているのだろうな、とふと思い出すこともあったらしい。引退したとはいえ、さすが元歌手というだけのことはあって、声がとてもよく通り、聞き取りやすい。

「陽子ちゃんはね、本当に歌がうまくて、才能もあったんだけど、いろんなめぐりあわせでね……」と話を濁す。さすがに稽古を嫌がったとは言えないらしい。

「デビューもほとんど決まっていたのに、今考えても、陽子ちゃんは本当にもったいなかったわね」

そんな話は初めて聞いた。スピーカーホンに向かって話す。「お電話ありがとうございます、妹の三森弓月です」と挨拶した。「姉は、歌やダンスの練習が嫌になって田舎に帰ってきたとばかり思っていました。家族にも本人がそう説明していました。デビューが決まっていたというのは確かですか」

一瞬の間があった。

「あら？　陽子ちゃんはわたしたち同期生のお手本になるくらい頑張っていたんですよ。歌もほれぼれするくらいうまくてね。もうほとんど決まりだというときに、〝やっぱりやめて実家に戻ります〟と。みんなで引き留めたんですが、陽子ちゃんの意志は固くて」

では姉が語っていた、稽古が嫌だったという話は何だ。思いがけない方面から、また姉の嘘が出てきた。ちょっとすみません、と身振りで断ってお手洗いを借り、しばらくうがいをして気持ちを静める。

戻ると、テヨンたちが当時の陽子の様子を聞こうと話し込んでいた。

突然、「あ、そうだ。陽子ちゃんは、妹さんのこともよく話していました」と言われたので、弓月の心臓が跳ねた。

「陽子ちゃん、妹さんがうらやましくて、本当なら妹と代わりたいくらいだったと、ずっと言っていましたね」

そうでしたか……と相づちを打ちつつ、また出た姉の大嘘に、弓月は再びこみ上げる吐き気を、息を止めるようにして抑えた。同時に叫び声を上げたいくらいに腹を立てていた。何が代わりたいくらいだっただ。不幸ごっこもいい加減にするがいい。そうやって、綺麗で頭のいい架空の妹をでっち上げてまで、人の気を引こうとする、姉の歪んだ自己顕示欲に心底怒りを覚える。弓月は額に浮いた冷や汗を、さりげなくハンカチでぬぐった。

最後にもう一度お悔やみを言って、東雲エリカは電話を切った。これで姉の年表には、中学卒業後、高校に進学して、一年目で退学、芸能事務所に所属したという事実が書き足された。その二年後に自らの意志で退所。十八歳で田舎に帰ってくる。

姉が、二十二歳のとき結婚するはずだったことを知って、ミアとテヨンは本当に驚いたようだった。結婚式の途中で、姉がイタリア人と手を取りあって逃げたことは、さすがにこの子たちには言えなかった。嘘は嫌いだが、あえて言わなくていいことがあるのはわかる。

社長がテヨンに、テヨンの父と陽子は韓国でどのようにして出会ったのか、なれそめを聞く。

「わたしたちの家は、馬山でも、ずっと、車で行くところです。ソウルや釜山のように、観光客はいません。七月の雨の日で、教会の前でそのとき二十二歳の母は泣いていて、お金も持っていませんでした。かわいそうなので、父が、母を家に連れて帰りました。家は、ひいおばあさん、おじいさん、おばあさん、お父さんの妹二人、親戚二人、家族は八人です」

ということは、姉は六月に日本で結婚式から逃げ出しイタリアへ、その一か月後には例のマルコとも別れて、韓国の馬山の片田舎に無一文でいたということになる。そこで農業に就いていた夫と接点ができて、ほどなく結婚したということか。いったい、何がどうなっているのだ。

とはいえ不可能ではないことは、妹の自分が一番知っている。姉のコミュニケーション能力はずば抜けていた。頭の回転も速く記憶力も良かったので、姉ならたぶん、無一文、言葉のわからない国でもしぶとく生きていける。

ミアが、実家の写真を見せてくれた。平屋の古い伝統家屋のようで、床には黄色いビニールのような床材が敷かれている。庭に鶏小屋があり、縁側や、土間のようなところも見える。のどかな農村、という雰囲気の場所だ。家族の写真もあった。写真に写る、善良そうで素朴な顔立ちの人たちを見ていると、姉の嘘を信じ、心から気の毒に思って手を差し伸べてくれたのだろうと思う。

それにしても、これほどのどかなところに、姉が住んでいたとは。あの夜遊び好きで派手好きな姉がここで暮らしていたと思うと、意外な気もする。とはいえ、言葉の通じない外国での暮らしは、小さな発見の連続だろうし、考えようによっては刺激的だろう。

調べると、手続きを踏めば、韓国に居ながらにして日本の戸籍謄本を取り寄せられることがわかった。それなら日本の実家にコンタクトをとらなくても、国際結婚に際しての書類は揃う。姉は、そのあとでするべきはずの、日本への届け出をしていなかったらしい。
結婚して一年後にミアが生まれ、姉が二十九歳のとき、テョンが生まれたことが年表に書き足される。

写真の中にいる陽子は幸せそうだった。子供たちを両脇に抱えるようにして、寝そべっていたり、庭で遊んでいたり、とても失踪しそうな母親には見えない。

「姉が十歳、わたしが五歳の時に、母が家を出ました。〝ごめんなさい、日本に帰ります〟と手紙がありました」

テョンの声は沈んでいた。部屋が、しんとなる。ミアが期限の切れた姉のパスポートを出してきたが、そこにはやはり、日本に帰国したという記録はなかった。

写真で見る限り、姉夫婦はとても幸せそうで、相手の男の人も温厚そうないい顔をしている。他に恋人がいた可能性は？　とは、さすがに子供たちに向かっては訊けない。

「姉が家を出た理由に、思い当たることはありませんか。例えば、喧嘩をしたとか」

ふたりとも、しばらく黙り込んでいる。

「韓国はクリスチャンが多いです。父も、おばあさんも、みんな教会に通っています。みんな、母が好きでした。仲がいい、いい関係でした」しばらくテョンは考え込む。「わかりません……」

同じく、ミアも考え込んでいる。

弓月は思う。ああ。そうだ、わかるわけがないのだ。妹の自分だってわからない。なぜ姉が結婚相手も家族も捨てて、付き合いもまったく長くないイタリア人の男などにいきなり付いていったのかなんて。残された者は、姉の不在の中、答えの出ない問いをこうやってずっと考え続ける。一時の気の迷いだったら、数年後に実家に帰ってくることもできた。でもそうしなかった。姉は、残された者がどうなるのか、どんな気持ちになるのか、ただの一度も考えなかったのだろうか。

気が付くと、ミアもテヨンもこちらを見ていた。目を合わすと、テヨンはさっとその目を逸らした。

その後も、ホワイトボードの表は埋められていく。ここからはミアたちの徹底的な調査による。失踪した姉はソウルに行って、そこで会った韓国人の年配女性と意気投合し、彼女の家の空き部屋を間借りする形で生活し始める。それからもたびたび住まいを変え、支援者を変え、名前を変え、都会を転々としながら生活していたようだ。

訊いてみると、韓国も日本と同じように、意思決定能力を持つ成人の家出に対して、警察が介入することはないのだという。ただ、韓国は日本よりずっと先に、マイナンバー制度を導入していたらしく、いろんな手続きでその登録番号が必要になるという。きちんとした雇用関係を結ぶなら、その番号は必ず使う。

姉が韓国の家族のもとへ連れ戻されることなく、二年前に亡くなるまで十六年間も生活できたのは、市場の手伝いや店番など、ほとんど日雇いのような、その日暮らしの仕事をつなぎながら過ごしていたかららしい。病院も行けなかったに違いない。身体の不調を抱えていたらしき姉の心臓が突然止まるまで、その生活は続いた。姉の住んでいた部屋には、ほとんど物がなかったという。

こうやって、ホワイトボードの右と左に分けられたそれぞれの虚像と実像を眺めて、皆、しばらく黙っていた。いったい、何が姉にとって本当だったのだろう。

姉弟は、姉の失踪についてよく調査していた。姉が失踪する少し前、〝仕事で日本に長期出張する知り合いがいて、父はその人を手掛かりに、陽子のために何らかの情報集めをしようとしていた〟とか、〝当時、一家が所属していた教会が日本の教会と姉妹協定を結んだので、訪問団として日本に赴き、そこで陽子の肉親を捜そうという話が持ち上がった〟などの話もあった。陽子の突然の失踪にかかわりそうな話は、明らかに違っていそうなものや、小さな噂のたぐいまで、きちんとノートに書き留められ整理されていた。

その姉妹協定を結んだ日本の教会の、当時の日本人牧師にも、ミアとテヨンは話を聞いていた。当時、「あなたの肉親捜しに協力しましょう」という話になって、「ありがとうございます」と陽子ははっきり答えたという。そのときの様子を詳しく聞きたかったが、残念ながら、その牧師が高齢ということもあって、あまりこみいった話はできなかったようだ。

弓月は想像する。善意の牧師と、教会の人間に囲まれ、あなたの肉親をきっと捜してあげましょうという話になり、みんなが良かったね、これで陽子のお父さんとお母さんが見つかるかもしれないと心から喜んでいる。その輪の中で、陽子も「ありがとうございます」と笑みを浮かべながら、この事態をどう切り抜けるか必死で考えている。少し調べれば、どこで育ったのかはすぐにばれてしまう。孤児の話が嘘だということも。

でも、すべてが嘘だったとばれそうになったから、韓国の家から逃げ出したのではないかというひとつの仮説は、一番もっともらしく見えたが、それでもふたりの子供を置いて出ていく理由としては弱いような気もする。実は、孤児の話は嘘でした。本当は両親がいたけれども、いろいろ事情があって不仲で……ごめんなさい、言い出せなくて、などと、ただ本当のことを言いさえすればいいのだ。きっと韓国の家族だって理解してくれただろう。子を捨て、家族を捨て、仲の良かった周囲の人間も全部切り捨て、病院も行けずに偽名でその日暮らしをするよりは、嘘が嘘だとばれたほうがよっぽどましだ。

そう思えるのは、自分が陽子ではないからだろうか。

姉の考えることは、まったくわからない——

今や、全員の視線は、机にあるひみつ箱に集中していた。そこにすべての答えが隠されているとでもいうように。

孤独死した姉、その部屋に残されていた数少ない荷物が、この開かずのひみつ箱ということになる。

テヨンは「この箱を知っています」と言う。ミアも、小さな箱を振るジェスチャーをしながら、「タルガッタルガッ」と言い、ああ、〝カラカラ〟と言っているのだなとわかった。

「母は、この箱には宝物がある。大人になったらあげる、とわたしたちに言いました。中は、秘密と言いました」

ミアとテヨンは、ひみつ箱について調べ、動画でひみつ箱の開け方を見て研究したそうだが、量産品のものは開けられても、この箱の開け方は出てこなかったと言う。これは特殊なひみつ箱なので、仕方がない。

この箱を開けるために、物理的に壊そうとも考えたらしい。それでも、あまりに箱自体の細工が美しいので、これを日本に持って行って、開けられる人に開けてもらったほうがよいと考えたのだという。ふたりは、残された天国宅配便のメモを読み、孤児ではなく、日本に家族がいたことにまず驚いた。母である陽子は、最後にこのひみつ箱を妹に渡したがっていたのではないかと推測した。日本にいる妹なら、この特殊なひみつ箱を開けられるのでは、とも。

気が付けばもう時刻は夕方を回っていた。姉について、あまりに集中して話していたからか、外が暗いことにもまったく気が付かなかった。

箱根の工房に連絡がつき、ひみつ箱の制作者はもう亡くなっているが、その息子が工房を引き継いでいるということもわかった。手順を確認するために、箱六面全部の写真を送ってほしいと言われたので、事務所で写真を撮って送る。この箱そのものを開ける手順はわからないにしても、父親の遺した図面を今から全部調べて、明後日までには図解を送ってくれるとのことだった。途中、開ける手が詰まっても、いくつかの手順の組み合わせで開くだろうと説明してくれた。

その図解を待って、箱の開封は明後日にしましょう、ということになった。

「ミアさん、テヨンさん、せっかく日本にいらっしゃったので、皆さんで夕食でも……」と声を掛けた七星に、テヨンはミアが何か答える前に「まだ、調べたいことがあります」と手早く荷物をまとめ始めた。ミアにも促す。ミアがとりなすように何か言っているが、テヨンは首を横に振った。

「明後日は何時に集合ですか」テヨンが訊く。

「では、明後日の、午後の一時にこちらへいらしてください」と社長が言うと、テヨンが頷いた。

七星が、「ところで明日、一日ありますが、おふたりはどうなさるんですか」と訊くと、即座に答えが返ってきた。「母の故郷へ行きます。〝ギフ〟に。母の住んでいた場所を見ます」

七星は驚いたようだった。

「ちょっと待ってください、岐阜と言っても、とても広いです。たしか、ご実家は土岐《とき》市でしたよね？」と、七星が確認するようにこちらに訊く。

嫌な予感がする。

「弓月さん、もしよろしければ、このふたりについて、土岐に一緒に行ってあげてくれませんか。地元の細かい案内も必要でしょうし」

「必要ありません。わかります」テヨンが横から言った。

社長も、「今調べたところ、土岐市までは、新幹線を使っても三時間近くかかります。案内がないと、時間の無駄ができますよ」と、諭すように言う。弓月は、当の本人がいらないと言っているのなら、いいじゃないか、と思ったが、日本語が多少できるとはいえ、土地勘がなければ日本人だって難しいだろう。このふたりが迷って結局たどり着けなければ、それはそれで気の毒だと思った。

「わかりました。わたしが土岐の実家のあったところまで案内しましょう」

テヨンがミアに通訳すると、ミアはこちらに「ありがとう、ございます！」と明るい声で言った。

「明日は品川《しながわ》駅から新幹線で出発します。新幹線で名古屋まで。そこから特急に乗ります。早いですが、朝七時に待ち合わせでいいですね」

テヨンがハングルでメモを取りながら、一言、「わかりました」と言った。

その夜は、姉のことばかり考えていたからか眠れず、浅い眠りの中で姉の夢を見た。半分覚醒しているような奇妙な感覚の中、姉の陽子は、十歳前後の姿で実家のソファに腰かけていた。何かの本を読んでいる。台所から皿を洗う音が聞こえる。もうどこにも存在することのない、失われた風景に胸が詰まった。

幼いながらも、本に集中する陽子の横顔はただただ美しかった。人形師が長年手をかけて作りあげたように、〇・一ミリの精度でバランスが取れた、すさまじい整い方をしている。黒髪に映えて、きめの細かい肌は内側から光っているようにも見えた。

姉の指が一枚一枚ページをめくっていく。もうほとんど最後のページまで来ると、姉はパタンと本を閉じた。はい、とこちらに本を渡してくる。

「わたし、いつも本の最後は読まないことにしているの」

どうして、と訊いてしまった。そうだ、これは実際に昔にあったことだ。そのときも驚いたのだ。本の最後を読まないなんて、話の結末がわからないじゃないかと。

「だって、最後まで読んじゃったらお話が終わっちゃうじゃない」

そう言って姉は笑ったのだ。

「シンデレラ」は、シンデレラと王子は幸せに暮らしました、めでたしめでたしで終わる。『卒業』の映画だってそう。結婚式から逃げ出してバスに乗り込むところで終わる。その先は描かれない。

人間の一生を物語にたとえるならば、姉はあの日読んでいた本みたいに、芸能界も、結婚も、子育ても、何もかも途中で読むのをやめて、パタンと閉じ、次の本を手に取ったことになる。

――だって最後まで読んじゃったらお話が終わっちゃうじゃない――

姉は、人生の面白いところだけを読みたくてそうしたのだろうか。

少女の頃の姉がどんどん成長していき、背が伸びて、結婚式を逃げ出したあの日の姿に近づいていく。いつしか姉は、ウェディングドレスを着て、目の前に立っていた。

「続・シンデレラ」の話を考えてみるとするなら、結婚式を終えたシンデレラは、毎日、王子と生活を共にする。舞踏会にガラスの靴、あんなこともあったなあ、という思い出とともに生きていく。髪には白髪が増え、おなか回りも太ってくるかもしれない。お城の暮らしもけっこう退屈なんだな、と思いながら、朝起きて夜眠る。継母や義理の姉たちと暮らしていたときと違って、灰をかぶりながら掃除をするわけでもなく、ご飯を作る必要もない。舞踏会にはいつでも行ける。一日中暇なので、たまに趣味で何かを始めてみたりする。

それじゃあだめだったの？　弓月は姉に訊きたかった。

それを人は幸せと呼ぶんじゃないの？

こんなにも美しい姿をしていた姉が、その日暮らしをし、外国の道端で行き倒れのように、誰にも見送られずに死んだと想像すると、ざまあみろとは思えなかった。ただただ悲しかった。

自分が姉のような姿に生まれついていたなら、好きな相手と結婚して、可愛らしい子供にも恵まれ、友人に囲まれて何不自由のない暮らしをしただろう。自分の子たち、ミアとテヨンの成長だって見届けただろう。

陽子の目は、明るい室内から暗い屋外をガラス越しに見ている人のように、視線だけは合っているが、何も見ていないようだった。伝えられるものなら、あの子たちはあんなにも立派に育って、日本に来て、お姉ちゃんの謎を一生懸命解こうとしているんだよ、と伝えたかった。

途切れ途切れに姉の言葉が聞こえる。

――みんな――のが――の――

聞こえないよ、何、もうちょっとはっきり言って！

姉の顔はかすかに笑みを浮かべながらも、どこか悲しそうだった。記憶の中で何かがひっかかる。確かに、こんな場面があったような気がする。あれは、いつのことだっただろう。

――わた――みんながはな――のが――の――

何？　聞こえないよ！

「お姉ちゃん！」

自分の大声で目覚めた。体中、汗びっしょりになっていた。アラームより時刻はだいぶ早く、まだ外は暗かったが、汗がひどかったのでシャワーを浴びる。曇った鏡には、眉間の皺が深く刻まれた、さっき見た姉とは、似ても似つかぬ中年女の顔が映っていた。

約束の時間に品川駅に行くと、もうふたりは改札のところで待っていた。「おはよう、ございます」とミアがニコニコして言い、テヨンがバックパックを肩にかけながら、口の中で「おはようございます」と言って目を逸らした。

新幹線の切符を購入する。迷ったが、二列シート＋別の席だといかにもふたりを避けているようなので、三列シートの指定席を横並びで取った。

窓際をテヨンに勧めると、テヨンは奥に乗り込んで窓の外を見た。ミアが中央に座り、弓月が通路側に座った。テヨンは一言も話さずに、窓の外の街並みを眺め続けていた。

よく考えてみれば、この横並びの三人は、血のつながりがあるということになる。それでも、血縁という感じはあまりしない。習慣も違うし、外見に似ているところもなければ、言葉だって違う。

隣から、スマホを差し出される。ミアが、人懐っこい笑みを浮かべ、翻訳機能を使ってこちらとコミュニケーションを取ろうとしている。そのスマホの文字を読んだ。

――いっしょに来てくださったことを、感謝しています――

ミアのスマホで打ち返そうと思ったが、ぱっと見ると、キーの配列が日本のものと違ったので、自分のスマホを出した。翻訳機能なんて使うのは初めてだったが、何とかやってみた。

――いえ。あなたがたは姉の子供ですから、当然です。あなたがたが、日本に来るのは、はじめてですか――

正確に翻訳できるよう、なるべくきっちりした文章を打ち込んだ。ミアが頷く。隣のテヨンをつついて話に加わらせようと思ったらしいが、テヨンは頭を窓に付けるようにして眠っていた。しっかりしているが、寝顔になると幼く見えて、遊び疲れた少年のようだった。

――はい。そうです。テヨンは、いつか日本に行くのを、目標にしていました。よく勉強していました――

母の国の言葉を学ぼうと、テヨンは頑張ってきたのだなと思う。韓国語と日本語は似ていると言われるが、それでもここまで習得するのはとても大変だったろう。母の死を知る前は、当然、陽子が日本に帰ったと思っていたのだろうし、いつか日本へ母を捜しに行こうとしていたのかもしれない。

特急に乗り換え、土岐に着いたときには、十時ごろになっていた。もっと時間があれば、近くの恵那《えな》市に移って、中山道《なかせんどう》など、外国人が喜びそうな観光名所にも案内できるのだが、日帰りなので時間的に厳しい。

駅の近くの、古い店でそばを食べた。そばに関しては、韓国にも似た食べ物があるのか、日本食の店があるのか、特に抵抗なく食べられたようだった。ふたりとも、食べる前に、短くお祈りをしていた。

そこからはタクシーに乗り換えて、生まれ育った町まで行く。土岐川を越え、窓の外が見覚えのある地区になると、懐かしさに胸が詰まった。夜逃げのようにして故郷を離れてから三十年、ここをもう一度訪れる日が来ようとは。

住宅街へ入る道の前でタクシーを降り、記憶をたぐるようにして通りを歩いた。住宅が並んでいる区画に入る。しゃれたオープン外構の家が増えたようだ。「ここです」と一軒の家を示す。屋根の素材が変わり、増築してあったが、その家の様子にはなじみがあった。

「わたしたちが生まれたのはこの家です。別の人が住み、今はリフォームして、新しくなっていますが、敷地は変わっていません」

自分の生まれ育った家に見知らぬ誰かが住んでいて、知らない花を植え、見覚えのない自転車を置き、他人の洗濯物が軒下に下がっているのを目《ま》の当たりにするのは、複雑な気持ちだった。

ふたりも、じっと家を眺めている。テヨンは、喜んでいるでもない、悲しんでいるでもない、不思議な面持ちで家をじっと観察していた。

この近所で知っている人に、ひとりくらいは会うだろうかと思ったが、見知った顔には会わなかった。ここを離れてから三十年になるのだ。その間、自分の容姿も変わったが、街並みもいろいろ変わっていた。古い家が新しい家になったり、田畑だったところに住宅が建っていたり。住んでいる人自体も、ずいぶん入れ替わっているようだった。もうここは、自分の土地とは言えないのだな、と思うと、普段、故郷というものをまるで意識していなかったが、寂しさが押し寄せる。

弓月はふたりに言った。

「小学校を見ますか。わたしたち姉妹が毎日通っていました。ここからすぐです」

ふたりとも頷く。通学路は同じはずなのだが、思い出の中の道よりずっと狭く感じる。それだけ自分が年をとったということだろうか。

毎日、この道を姉の陽子と一緒に通っていた。男子に「ネクラブス！」と弓月がからかわれたときには、頭の中が真っ白になってしまって口ごもる弓月をかばって、頭の回転が速くて弁も立つ陽子が百倍にして言い返し、相手が泣いてもやめなかった。「お姉ちゃん、もういいから」と言っても、まだ言い返していた。

そういえば、陽子は一緒に登校しようと迎えに来る友達が山ほどいるのに、いつも弓月と登校しようとした。

そのエピソードをふたりに話すと、「お母さんは、韓国語でも、言うことが上手でした。心が強いです」とテヨンが言って、少し笑った。

学校まで行くと、少年サッカーチームなのか、子供たちが校庭で色違いのゼッケンを付けて、揃って体操をしていた。その様子が面白いらしく、ふたりとも韓国語で何か話し合っている。

「姉は、体育も、音楽も、勉強も、なにもかも、全部得意だったんです。かけっこも一番速かったです」

　学校の校舎も、当時のままであることを説明する。不意に、耳の奥で〝天国と地獄〟の軽快な曲が蘇る。体育祭のクラス対抗リレーなどで、姉がひとたび走り出すと、先生も生徒も観客みんなどよめいた。走り方が美しいだけではなく、なびく黒髪も美しく、リレーの女神みたいだった。いつも先頭グループをごぼう抜きにして、トップに躍り出た。どんなに頑張っても、いつも抜かされてビリになる妹とは大違いだった。そんな散々な結果の弓月を、「最後までよく頑張った、偉かった」と褒めてくれるのは、両親くらいだった。

「ここを母が、走りましたか……」と、校庭を見てテョンが感慨深そうに言った。そのまま韓国語で何かつぶやいて、学校の様子を眺める。

「近くに公園もあります。よく、姉と遊びました」と、近くにある公園にも案内してやる。

　川沿いの公園に行くと、昔あった箱ブランコや、皆で地球と呼んでいた、外側につかまって球体の柵を回す遊具などは撤去され、ただ何の変哲《へんてつ》もないブランコがあるのみの、がらんとした広場になっていた。時間帯のせいか、遊んでいる子供は誰もいなかった。

　ブランコを見て「クネ」とミアが言った。昔の木製のものではなく、座面が鮮やかな赤の樹脂製に取り換えられていた。

「遊具自体は新しくなっていますが、姉とはよくここでブランコをしました」

勢いよくけり出した足の向こうに川が遠くなったり近くなったり、せせらぎが光を反射していたことを思い出す。

ミアとテヨンのふたりがブランコに腰かけた。

「こうやって姉の背中を押したりしました」と言いつつ、ミアの背を押して、次にテヨンの背を押した。

勢いがどんどんついていくうちに、ミアもテヨンも段々笑い出した。もうふたりとも子供ではないし、押している自分も若い母親ではない。でも、もしかして、姉がミアとテヨンを子供の頃に実家に連れてきていたら、こうやってふたりの背中を押してやることもあったのかもしれない。その様子を見て、父も母も、明るく笑っただろう。それでも、姉はそうしなかった。

しだいにふたりのブランコが速度を緩め、やがて止まった。

テヨンは、ブランコに腰かけたまま、足を前に投げ出すようにして、しばらく川の向こうを眺めていた。

テヨンが、「なぜ……」と言って黙った。

どうやら、同じことを考えていたようだった。

姉の陽子は、なぜ、住んでいた場所を捨てて逃げたのか。

「ここは、いいところです。学校も、いい学校でした。家も。川も、まわりも、ぜんぶ、いいところです。母は、生まれた場所が恥ずかしいために、わたしたちに言わなかったと思いました。貧乏とか、汚いとか、悪い土地とか。でも、ここは違いました」

もしそうであったならば、姉が生まれ故郷について、嘘をついた理由も腑に落ちたのだろう。さっき、複雑な表情で実家を眺めていたテヨンの混乱が、見て取れた。

「わたしにも、わかりません」

弓月も言った。

「わたしも、姉の行動に理由が欲しいと思っていました。韓国のドラマを見たことがあります。姑が、嫁をひどくいじめたりします。もしもあんな風だったら、まだ理由があるから、わかります。でも、韓国の家では、そうではなかったのですよね？」

テヨンがミアに韓国語で通訳してから、首を横に振った。

「ドラマは、面白さのために、そうします。〝韓国人は情がある〟とよく言われます。お金もなくて、家族もない母のことを、みんなで、大事にしました。おばあさんも、母を、本当の娘と同じに思いました。韓国と日本の間には、過去があるので、国と国と、特別な感情があります。でも、母をいじめる人は、いませんでした。みんな、母が好きでした」

三人で考え込む。

視界が開けている。川の流れは穏やかで、薄雲がたなびいていた。向こう岸まで、飛び石を渡る子供たちが小さく見える。何もかもが変わってしまったが、ここから見る景色だけは、昔と変わらなかった。

やはり、このふたりには、姉のことは隠さず伝えなければならないだろうと弓月は思った。

「ここに来るのは三十年ぶりです。姉は、本当は、この町で幸せに暮らすはずでした。姉の結婚相手は、とてもいい人でやさしく、この町のお金持ちで、地位も高い人でした。ふたりの仲も良かったです。それなのに、ある日突然、姉は、誰にも何も言わずに、外国へ行ってしまいました。そのため、わたしたちは、相手の男性に、慰謝料を――いろいろ、謝るためのお金を――たくさん、渡さなくてはいけませんでした。さっきの家は、そのために売りました。姉と結婚するはずだった相手も、とても辛い思いをしました。わたしたち家族は、故郷には、二度と帰ってこられなくなりました。東京で、隠れるように暮らしました。わたしは今も、姉のしたことを思い出すと、心が、とても辛くなります。薬を飲んで、定期的に通院しています。誰かと結婚したり、親しくしようとは、思えなくなりました。わたしは、今でも嘘がとても怖いです。姉がついた嘘も、この世の嘘も、全部」

なるべく平易な日本語になるように気を付けて話したが、それでも、内容は重く伝わったようで、テヨンも、その通訳を聞いたミアも、沈痛な面持ちで黙った。こんな風に、自分の内面のことを話したのは初めてだった。誰にも話すつもりはなかったのだが。

しばらく黙っていたテヨンが、こちらを窺うように見た。

「結婚をやめた原因は、母に好きな人ができたからと、昨日、聞きました」

「わたしの考えですが、姉の本当の理由は、そうじゃなかったと思います。そのイタリア人とも、すぐに別れています」

テヨンは額に手をやって、長いため息をついた。

「どうして……」

そのつぶやきに、記憶の中の何かがひっかかる。本当にずっと昔、たぶん子供の頃だ。姉に、どうして、と訊いた気がする。場所もここだった。

――わた――みんながはな――のが――の――

あれは何と言っていたのだったか。なんで姉がそんなことを言うのだろうと思った。姉には似つかわしくないような言葉だったからだ。

――わたしはみんながはなれて――のが――いの――

そのとき、姉の手が自分の背中をさすっていたような気がする。

――わたしは　みんながはなれていくのが　こわいの――

弓月ははっと息をのむ。

「どう、しましたか」

しばらくブランコのそばで黙り込んでいたようで、テヨンの言葉に我に返った。

「あ、すみません……昔のことを思い出していて。姉の言葉を」

「どんな言葉ですか」

ふたりが、こちらを見つめる。

「たぶん、わたしの記憶違いだろうと思いますが、〝わたしはみんながはなれていくのがこわいの〟と。姉は、みんなからとても好かれていました。先生にも、クラスメイトにも、近所の人にも。姉から離れていく人なんて誰もいません。ただ……」姉の言葉には、その続きがあったような気がしてならない。弓月は目を閉じて必死でその先を思い出そうとしたが、何も浮かばなかった。

あまり遅くなるといけないので、その日はまた、特急と新幹線に乗って東京に戻ることにした。

新幹線に乗り込むとき、テヨンが、ミアにお茶を手渡した。「どうぞ」と言って、こちらにも一本、ぶっきらぼうな態度だが、渡してくれた。「ありがとう」と言ったが、テヨンはそのまま小さく会釈して、一番奥の席に座った。

結局、何もわからなかった。三人とも横並びの席で、言葉少なだった。テヨンは夕暮れの広がる窓の外を眺め、ミアは静かな寝息を立てている。

姉がその行動に至った、合理的な理由が欲しい。それがないまま放り出されたわたしたちは、姉亡きあとも、そこにあるはずの正答を探し続けている。

年齢も国籍も習慣も違えど、わたしたちは、同じ立場なのだと、改めて弓月は思った。姉の人生から、いらないものとして棄てられた三人組――

次の日の午前中、七星からメッセージが来ていた。工房の人が、ひみつ箱の制作記録を何十年分にもわたって調べてくれたそうで、無事に図解が揃ったようだ。ありがたいことに、事務所でわかりやすいようにプリントアウトしてまとめてくれるとのことだった。職人の息子に電話をかけて、お礼を言った。「もしもこれで開かなければ、僕が見ますので」と言ってくれた。

天国宅配便の事務所に行ってみると、もうミアとテヨンが来ていて、ひみつ箱を眺めていた。こちらを見て、ふたりが挨拶する。

七星が「昨日は皆さんで岐阜に行ってらしたんですよね。いかがでしたか。岐阜の美味しいものと言えば五平餅でしたっけ」と明るく訊いてきた。

「ただ行って帰っただけです。何の収穫もありません。五平餅は食べません。わたしはクルミの味が嫌いです」と言うと、七星が「……そうですか」となんだか困り笑顔になって相づちを打つ。

二代目の職人の手によって、いろんな矢印が細かく書き込まれた詳細な図解を見ていると、四十年前に開けたきりの箱だったが、だんだんと開け方を思い出してきた。目を閉じて、手順をなぞる。職人によると、そのひみつ箱は試作品だったとのことで、まったく同じものは出てこなかったそうだ。解説として、まずAブロックを先に、次にBでだめなら、Cを試してくださいと、いくつかの手順に分けてくれていた。

「それでは、開けます」

図解を見ながらだったら、テヨンかミアにも開けられるだろうか、と思い、箱を姉の子供たちに譲ろうと思ったが、「いいえ。どうぞ」とテヨンが箱を示す。

弓月はひみつ箱を手に取った。ミアとテヨンが、食い入るようにこちらを見つめているのがわかる。天国宅配便のふたりもだ。

側面の一部を押して、引いて、また別の面を押し上げ、左にずらしてから下げる。手の中で、カタ、カタ、という微かな音が鳴る。取り上げられてしまったひみつ箱。姉と生涯を共にした箱だ。手順に行き詰まっては止まり、また一からやり直す。次第に時間の感覚がわからなくなってくる。

「大丈夫ですか」と七星に休憩を勧められたが、「いいえ。やります。大丈夫です」と言ってそのまま続ける。

　いつしか、弓月は全身に冷たい汗をかいていた。中にあるのは、小さなものであることは確かだ。

　何が入っているのだろう。例えば宝石、例えば子供たちの将来のために備えた、純金の何か。もしくは子供たちの乳歯……。

　この中身が見たくて、この姉弟はここまでやってきた。中身が何であれ、姉が大切にしていたものに違いない。できれば、この子たちが見て、心がホッと温かくなるようなもの、なぜ母が自分たちを置いていったのか、その答えになるものが入っていてほしい。この子たちの、これからの人生の灯《ともしび》となるようなもの。辛いときのお守りになるようなもの。中身は、そうであるべきだ。

　そうでなくては――こんなところまでやってきて、母のついた嘘を知ったこの子たちが、あまりにも報われないではないか。

　この子たちは、理由を探している。なぜ自分たちを棄てて、母は行ってしまったのか。同じように姉に置いて行かれた者として、弓月には、この子供たちの気持ちが痛いほどわかった。どれだけ辛かったか。もしかして、自分が悪い子だったからではないかと、自らを責めたこともあったかもしれない。心に一生残る傷となったはずだ。責める相手も、もういない。だから、せめて、中身は——

途中まで開けては閉じ、また違う手順を繰り返す。昔の自分と今の自分の手が重なった。

数十分後。

カタ、と小さな音がして、とうとうひみつ箱が開いた。

傾けると同時に、何かが机の上に転がり落ちる。

灰色の何か。

弓月はそれを見て息が止まった。

それは、丸い石ころだった。

弓月は一瞬で理解した。そうだ、姉はそういうところがあった。わざわざ音がするようにして、中への興味をあおり、見せびらかすだけ見せびらかして開けないとか、いかにも姉がやりそうなことだ。最後の最後まで、こんな……。

転がり出た石ころを見て、誰もが、少しも動けずにいた。

顔色を変えたテヨンが、隅にあったバックパックをひっつかむように手に取った。そのまま、ミアの腕を強引にとって外へ出ようとする。

「もう帰ります。失礼します」

姉弟が激しく韓国語で何かを言い争い始める。言葉がわからなくても伝わってくる。〝こんなの馬鹿にしてる、もう帰ろう姉さん。もうたくさんだ！〟〝待って！〟〝もういい、行こう！〟

テヨンがこちらを、憎しみのこもった目で睨みつけた。

「わたしが日本語を勉強していたのは、母のためではありません。どうしてわたしたちをゴミみたいに捨てたのか、自分の言葉で訊くためです。ここに来るのは間違いでした。日本語を勉強しなければ良かった。こんなことは、何も知る必要がない！」

この箱は、開けてはいけないパンドラの箱だった。

「……待ちなさい」

声が震える。

誰にでも、見るのも側にいるのも嫌で、どうしても触れられないものがある。ある人にとって、それは気味の悪い芋虫かもしれないし、ある人には錆びた剃刀《かみそり》の刃の山、腐った死魚という人もいるだろう。考えるだけでぞっとして身が縮こまり、すぐにでもそこから逃げ出したくなるようなものだ。弓月は今、そんな最中にいた。

弓月は全身の震えを止められるよう、腕を組むようにして、下になった手で思い切り脇腹をつかんだ。肉がちぎれそうになるほどに指でつかんで爪を立てる。その痛みにすべてを集中する。胃の中からせりあがってくるものをこらえた。

　息を殺せ。考えるな。この痛みだけを考えろ。

「――ああ、ああ。この石、石はですね」

　明るい声を出して石を手のひらにのせた。指がぶるぶる震えるのを、必死で抑えた。

「日本では子供の健康を願って、昔から、母親は、丸い石を持ち歩く風習があるんです」

　しんと静まり返った部屋の中、脂汗が、額を伝うのがわかる。それでも、無理に笑みを浮かべた。

　鼓動が異様に速い。自分の心臓なんてどうでもいい、今、止まってもいいから、このふたりに、これだけは、伝えなければ――

　言葉が続かないが、絞り出すように、無理やり付け加えた。「これは、ミアさんとテヨンさん、ふたりの子の、健康と長寿を願う、石です」

　弓月の言葉を、社長が英語に訳す。それでも、誰も何も言わなかった。

「だから。これは、母から子への――」

「もう、いいです」テヨンが遮るように言った。ミアがこちらを見ながら涙をこぼしている。

「これは本当なの！　本当なんです！」

ほとんど叫んでいた。するとミアが泣きながら弓月にすがりついてきた。その拍子に弓月の手から石が落ちて、ことん、と机に転がる。テヨンも、弓月の肩に額を強く押し付けるようにした。

弓月も、顔を覆って泣いていた。

こんなことがあるだろうか。箱の中には、ただの、なんの意味も持たない石ころが入っていたなんて、ふたりの子に言えるわけがない。こんなことがあっていいはずがない。

ばかな姉。知らぬ土地で野垂れ死にするのは勝手だが、ある日突然、母親を失って、ミアとテヨンは、どれだけ辛い思いをしただろう。死んでまで、この子たちを傷つけるなんて。

この転がり出た石は姉そのものだ。

宝石と違って、ひとつも輝くことのない、なんてことのない石だ。

静まり返った部屋で、声を上げて泣き出した弓月を抱きしめるように、ミアが背中をさする。テヨンもそっと背中をさするのがわかった。

不意に懐かしさを覚える。

いつもこうやって背中をさすられていたことを思い出す。いじめられて泣いていたときにも、運動が上手にできなくて悔し泣きしていたときにも、姉はよくこうやって弓月の背中をさすってくれた。温かい手だ。

――わたしはみんながはなれていくのがこわいの――

今、頭の中にふっと思い浮かんだ。姉の言葉には確かに続きがあった。

今の今まで忘れていた。

――弓月のようには生きられないの――

ふと見れば、ミアが差し出すスマホに、何かが書かれている。それは翻訳された文章だった。

〈母は最後に、わたしたちにいいプレゼントをくれました。それは、叔母さんと会えたことです〉

スマホの画面を見た、テヨンも表情を緩めた。

「母はもう、いません。でも、わたしたちには、叔母さんがいます」

ミアとテヨン、こちらをじっと見る様子には、やはりそれぞれに姉の面影が残っている。

気がつけば、外はもう日が傾きかけていた。涙を拭いて、弓月がつぶやく。

「……だめな叔母です。甥と姪を我が家に招待したいけれど、こんなときに、みんなで食べられるような、気の利いたものが何も作れないなんて」

「あっ、弊社、ホットプレートがあります！」とすかさず七星が挙手する。「お貸ししますので、お好み焼きとかどうですか？」

七星がさっとホワイトボードの隅にお好み焼きの絵を描いて、一口食べる仕草をして「うまい！」という顔でお腹をぽーんと叩いたら、全員に通じたようだった。

七星と社長も誘って、少々狭いが弓月の部屋で、急ごしらえのお好み焼きパーティーとなった。

ビールで乾杯して打ち解けて見れば、テヨンは大学生らしくよく笑い、兵役時代の笑い話や、復学して面白かったことなどをいろいろ話してくれた。ミアも、英語と韓国語とスマホの翻訳機能をとりまぜていろいろ話す。

不意に、ベランダのあたりで猫の鳴き声がした。ちょうど、掃除用具入れの建物の屋根が近く、そこが野良猫の通り道となっているのだ。

「猫」テヨンが言った。

「母は、猫が好きでした。〝猫は、特別きれいじゃない猫でも、すごい芸ができなくても、役立つことが何もなくても、ただそこにいるだけで、愛されるから〟――と言っていました。猫を見るとき、母を思い出します」

そういえば、姉は嘘の中で、飼い猫にムーン《月》と名付けていたという。

――弓月のようには生きられないの――

思い返せば、両親は何事も上手で華のある姉の陽子、地味でいい所のない妹の弓月という組み合わせを、いつも心配していたように思う。みんなから称賛を集める姉と比較して、妹が傷つかないようにと、気を遣っていたのかもしれない。

「見て、また百点取ったよ」「それはいいわね、弓月だって今回のテストはよくやったのよ、この前より良かったでしょう？」「リレーのアンカーになった」「そうねすごい。弓月も落ち着いて走ればいいからね、緊張しないでね」「劇で主役をやるの」「それはいいことね。弓月は何の役をやるの？　木？　木だっていい役よ、頑張ろうね」

両親が声を掛けて励ましてくれたのは、決まって弓月のほうだった。何事にも秀でていた姉は、放っておいても誰からも褒められるのだからと、その気持ちをいつも後回しにされていなかっただろうか。

送られてきたひみつ箱は、姉からの最後のメッセージのように思えた。天国宅配便を使ってまで、姉が最後に自分に伝えたかったことは何だったのだろう。弓月はまばたきを繰り返す。

幼いころから、姉はきらびやかな宝石で、妹の自分は道端の石ころみたいだと思っていた。ひみつ箱の中身は宝石だと思わせておいて、その実、中にはただの石ころが入っている。姉は、中身のことを誰にも話さなかった。いや、話さなかったのではない、話せなかったのではないか。

弓月はずるい、と姉が言ったその真意に、今の今になって初めて気が付いたような気がした。ただの石ころでもいいと両親から言われていたのは、いつだって弓月のほうだった。

姉の底なしの承認欲求は、おねがいこっちを向いて、こっちを見てという悲痛な叫びの裏返しではなかったか。それがいい方向にだったとしても、一般の基準値から大きく外れた姉という人間の孤独に、本当の意味で寄り添えた人は誰もいなかったのではないか。

姉は最後に、妹である弓月の手によって、この箱が開けられることを望んだ。

「そろそろ二枚目ひっくり返しちゃいますか？」と七星に訊かれて、はっと意識が今にもどってきた。「そうしましょうか」と言うと、テヨンが腕まくりして、「やります」と言う。七星と協力して、端と端を「せーの」と「ハナトゥルセッ」でうまくひっくり返せたときには歓声が上がった。弓月も笑って立ち上がり、棚の前に立った。

棚奥から引っ張り出してきた家族写真には、父と母、姉と自分の四人が写っていた。父と母は寄り添い、姉は幼いながらモデルみたいなポーズをとって、弓月はただつっ立っている。ふたりとも手に寄木細工のひみつ箱を持っている。旅行先で、撮ってくれた人が面白いことを言ったのか、みんな、笑みを浮かべていた。

お姉ちゃん。

弓月は写真の姉に心の中で呼びかける。

ひみつ箱の中身がただの石ころだってばれても、みなしごの話は嘘だったと知っても、今までの人生が全部嘘だらけだろうとも、ミアもテヨンも、韓国の家族も、きっと変わらずお姉ちゃんを愛したよ。宝石のふりなんて、演じ続けなくてもよかったのに。

写真の前に寄木細工のひみつ箱を置いて、お好み焼きの一切れを供える。

どうしようもないお姉ちゃんだった。災厄の姉だった。最後まで自分のやりたいことを貫いた、孤独な人だった。

弓月は、この箱を取り上げられたときのことを思い出す。

――あの箱？　ああ、中身をいっぱいにして返してあげるから。いつ？　さあ、いつかね――

お好み焼きを囲んで、弓月の部屋に笑い声が満ちる。

ひみつ箱を手に取ると、かたん、と中身の石ころが鳴った。

それでも、お姉ちゃん、最後の贈り物をありがとう。

ホットプレートを社長と七星が持って帰る。見送ったその後、すっかり酔っぱらって、へそをのぞかせながら長々と横になっているテヨンを見て、姉弟ふたりでこれからどこかホテルを探すつもりだったそうだが、「この家で休んで」と言い、ふたりともマンションに泊めることになった。鍵は母が使っていたスペアキーを渡しておいて、翌日以降も弓月が仕事で家を空ける日中、ホテル代わりに自由に出入りしてもいいことを告げた。

　てっきりふたりしてどこかに観光に行っているかと思ったのに、次の日、帰宅したら、部屋に光が灯っていた。仕事が終わって、「ただいま」と家に帰るのは、本当に久しぶりのことだった。ふたりで近所に買い物に出たらしく、ズッキーニに小麦粉をつけて焼いたジョン、キムチチゲ、ねぎとにらと海鮮の入った薄いお好み焼きに似たパジョンを作り、十穀米を炊いてくれていた。山ほどのキムチも添えられていた。食後、「どうぞ」とりんごを剝いてくれたが、テヨンが意外に不器用だったのがおかしかった。

　翌日は有休をとって、浅草を案内したり、スカイツリーを見たり、ふたりをいろいろなところへ連れて行った。年上の親族を敬うらしく〝叔母さん〟という意味の「イモ」と弓月を呼んで、荷物を持ったりしてあれこれと世話を焼いてくれる。次の日も、その次の日も泊まり、韓国の料理も韓国語も少し覚えた。仕事の帰りに待ちあわせして、夜にもあちこち出かけた。向こうの家族とも、インターネットのウェブ会議システムを介して挨拶した。

　ふたりが帰る日には、空港まで見送りに行った。

「いつでも来て。あなたたちの日本の家だから」とふたりに言うと、「イモも来てください。来てほしい」とテヨンが言う。ミアもテヨンもそれぞれ両側からぎゅっとハグをして、「イモ。ありがとう」と言った。

ふたりは何度も振り返りながら、保安検査場に消えて行った。

人生にはいろいろなことがあるものだ。『卒業』のあの映画みたいに姉が消えたかと思ったら、今度は海を越えて、いきなりふたりの可愛い親族がやってきた。こんなに人と話したのも久しぶりだし、笑ったのも久しぶりだった。

嘘ばかりついていた姉だったが、最後の最後で約束を守ったらしい。

あの箱？　ああ、中身をいっぱいにして返してあげるから、と。

*

事務室に、あーあー、と室長が大きな声を上げて伸びをする声が響く。

弁当屋で弁当を注文していた人は、いつものように棚の上から自分の弁当を取り、近くの定食屋で食べる人は連れ立って出ていく。

すると今年二年目の女性社員、緒方つぐみが、緊張した面持ちで「三森さん、これよかったら」と何かのパッケージを差し出してきた。「パウンドケーキです」

こちらが何か言う前に、緒方が慌てて付け足した。「これ！　市販品です。お店で買いました！　だから、大丈夫なんです！　衛生状態はばっちりです」

「緒方さんは、なんでまた、わたしにケーキを」

ああまでして断ったのに、また緒方からケーキをもらうとは思ってもみなかった。

「だって、三森さん、いつもわたしのミスをさりげなくフォローしてくれてますよね。だから、お礼を言わなきゃって、ずっと思ってて。パウンドケーキがお好きだって聞いてたので……」

ため息をつく。

「こんなお礼など必要ありません」

弓月が眼鏡のブリッジを少し押し上げる。

緒方の表情が、「そうですよね……」と沈んでいく。「よけいなことをしました。すみません」

「あたりまえのことです。あなたは大事な後輩です。ミスくらい、わたしがいつでもフォローします」そう言いつつ手を出した。

「そのケーキは、いただきます。ありがとう」

緒方が昼食に出ていくと、事務室の中はひとりになった。

包装紙を取ると、パウンドケーキのいい匂いが広がった。窓の外は晴れている。今日の韓国の空も、こんな風に晴れていたらいいと弓月は思った。

第2話

食堂ミツコ最後の日

中江路《なかえじ》家では、週末で特に用事のない日でも、決まった時間に、朝ご飯をきっちり食べるという習慣があった。いつもと同じ七時ちょうどに、家族が集まって朝食をとる。他のことには、いたってゆるい家だったが、なぜか朝ご飯だけにはこだわりがあった。よちよち歩きのころから、幼稚園、小学校、中学校、真智《まち》が高校二年となった今も、毎朝毎朝、食卓には規則正しく朝ご飯が並んだ。

とはいえ、朝食といっても凝ったものではなく、味噌汁とご飯、あと一品くらいの簡単なものだ。ちゃんとした朝食を毎日、決まった時間に食べていれば、人生のだいたいはうまくいくというような、漠然としたイメージを家族みんなが持っていた。その中江路家で、〝朝ご飯が食べられない〟ということは、何らかの非常事態の始まりを示す。

この日の食卓には、各自の前に焼いたアジの開きと、マイタケの味噌汁と漬物、真ん中にたくさんのおにぎりがすでに置かれていた。きざんだ大葉と塩のおにぎりと、ゆかりのおにぎりの二色だ。その脇に殻つきのゆで卵も添えてある。父と母と兄がすでに食卓にいて、話を途中で止め、こちらをちらりと見た。パジャマ姿のまま、真智は食卓についた。

「いただきます」

父と母と兄が、それぞれの味噌汁を手に、それとなくこちらに目を向けているのがわかる。一番小さなおにぎりを無理にほおばったところで、真智は、もうお腹がいっぱいになってしまった。

　ふう、とため息をついて、「ごちそうさま」と言い、箸を置く。

「真智、大丈夫か？　昨日からずっとそんな感じじゃないか。ちょっと病院で診てもらったほうがいいんじゃないのか」と父が心配し、兄も、「土曜だけど、昼まで診察やってるところあるからさ」と声をかける。「車に乗せていってあげるから」と母も言うが、「いい……なんでもない。大丈夫だから。ただ、あんまり食欲が無いだけ」と言って、真智は二階の自分の部屋に戻った。

　部屋の姿見に、自分の姿が映る。くせっ毛の髪は特大ボリュームで、その下の身体は髪のボリュームに対してひどく細い。誰かが〝まち針ちゃん〟というあだ名をつけたが、〝まち針〟と言うと誰もが吹き出すくらいにはまち針だった。ここ二日、ほとんど何も食べられていないので、顔まわりがもっと痩せてきたような気がする。

　真智は、光を遮るようにカーテンを閉めると、ベッドに倒れ込んで布団を頭からかぶった。とうとう、約束の日が来てしまった。

すべては、あの宅配便が来たことから始まった。天国宅配便という、あの、奇妙な宅配便——

それは二日前のことだった。

部活から帰って食事を終え、真智が、ごろごろしながら自室でスマホを見ていると、階下の母に大声で呼ばれた。母の声が困惑している。「真智ー！　なんだか、真智に荷物らしいんだけど？　ちょっと来て」

荷物らしいんだけど？　って何だろう。荷物かどうかはっきりしないものがあるのだろうか。真智はちらと時計を見た。時間は夜の八時前と、普段の宅配の時間帯よりはちょっと遅い。それに、誰かに荷物を届けられるような覚えがない。

真智は、階段を下りながらも、妙だな、と思っていた。

玄関の明かりがスポットライトのように、配達人を上から照らしている。

配達人は若いお姉さんで、グレーの制服を着ていた。その制服には、見慣れぬ白い羽根のマークがついていた。お姉さんは、背も高くて首も長い。制帽から見えるやわらかそうな髪はショートで、剛毛でくせっ毛の真智は、このお姉さん、髪質いいなあと少しうらやましく思う。

母も、すぐ後ろで様子を窺っているようだった。

「〝天国宅配便〟です。お荷物のお届けに参りました」

天国と聞いて、気持ちの奥がざわざわする。不穏な雰囲気に身構えながら、配達人の持っている封筒を見つめた。

その配達人は言葉を続ける。

「夜分恐れ入ります。部活動をやっていらっしゃると聞いておりましたので、この時間の配達となりました。中江路真智さんでいらっしゃいますか」

「はい……」

「わたくしども天国宅配便は、ご依頼人の遺品を、しかるべき方のところへお渡しするという仕事をしております」

遺品と聞いて困惑する真智に、七星と名乗った配達人は、封筒を差し出す。「どうぞ」と七星に促され、封筒を開けると、中に薄い紫のカードが入っていた。

「食堂ミツコ最後の日　食堂ミツコの特別な常連様だけに、最後のお食事を準備いたしました。ぜひおいでください。皆さまへのお別れをしたいと思います」

食堂ミツコ最後の日。

七星の声が遠くから響いているような気がする。聞こえているはずなのに何も聞こえない。

「えっ、なんでしょう」と聞き返すと、七星は頷いた。

「実は、二日後の土曜日が、食堂ミツコの最後の営業日なんです。最後の日は、特別よく通ってくださった常連様六人だけで、食堂ミツコ、最後のお別れをしたいということです。ぜひおいでください」

声が震えそうになるのを、小さく咳払いをして鎮めた。もしかして、違うのではという一《いち》縷《る》の望みを託して訊いてみる。

「遺品って。もしかして、誰か、食堂の方、亡くなったんですか」

「はい。依頼人の方は、〝常連さんが湿っぽくなるのは嫌よね。辛気くさいと、せっかくのご飯も美味しくなくなっちゃう〟とおっしゃって。食堂ミツコの最後の日をいつも通り、美味しく楽しんで欲しいとのことでした。できれば亡くなったことは伏せて、営業最終日ということで、お手紙を届けて欲しいとご依頼をうけたんです。でも、やはり招待された側なら気になるだろうから、訊かれたら答えてもいいと」

真智は、そのまま息をのんで七星の顔を見つめていた。

「誰、ですか」

「食堂ミツコの店主である、寺島《てらじま》ミツコさんがお亡くなりになりました」

七星は、静かに、しかしきっぱりと言った。

食堂ミツコのミツコさん。あの割烹着を着た無口なおばあさんが、やはり食堂の名前の由来であるミツコさんだったんだな、と改めて思う。小柄で、三角巾と割烹着は、いつも目にしみそうなくらい真っ白だった。その白さは、すべてが古くくすんでいるあの小さな食堂の中で、ひときわまぶしかった。背中が少し曲がっていて、ごま塩みたいな色の白髪を後ろでまとめている。年齢で言うとおばあさんで、鍋やフライパンを振る手つきも堂に入《い》っていて、この道何十年のベテランの風格があった。普段の店は常連客ばかりだったようだが、特に誰かと親しく話し込むということはなかった。その、ほどよく放っておいてくれる雰囲気も居心地がよかった。「ハイありがとうございました」と淡々とおつりを返してくれる手も、しわしわで、歴史そのものという感じがした。

真智はそれでも思いを巡らせる。

何かおかしくないか?

そうだ、住所だ。なんでこの家がわかったんだろう。

「あの。食堂ミツコには、少し前まで通っていたんですが、わたし、住所とか、名前とか、食堂のおばあさん——ミツコさんとも個人的なことは一度も話したことなくて。なんでうちがわかったんだろうって。店から家までって、自転車で二十五分くらい走るので、そんなに近所でもないんです。それにわたし、いつもひとりで通ってましたから、たとえば友達との会話を聞かれていたとかでもないし」

　配達人の七星が頷く。

「天国宅配便は、お客様の人生最後の贈り物を届ける宅配便です。依頼人のご期待に添えるよう、弊社は全力で宛先をお探しします。他の常連さんは店のすぐご近所でしたし、真智さんに関しても、すぐにわかったんです。簡単な似顔絵と、学校の制服と、持っていた部活のロゴ入りバッグで」

「似顔絵？」

「ミツコさんに特徴を伺って、モンタージュみたいにわたしが描いたんですよ。そんなに絵が上手じゃないので恐縮ですが」

　と、一枚の紙をこちらに見せる。その絵は本当に下手だったが、特徴はつかんでいる。名字がわかれば、〝中江路〟というのはこのあたりではかなり珍しいので、すぐわかったということか。

「ぜひ、食堂ミツコの最後の日においでください。お料理は、ミツコさんの実のお孫さんがお作りになります。一緒にお店を手伝っていましたし、ミツコさんの指導もあって、お若いですが腕は確かだそうです」と七星が明るく言う。

「ええ」と返事をして会釈をしながら、真智は、自分がうまく笑えているかどうか不安になった。

　真智の曖昧な返事を肯定ととったらしい七星は、「それでは、食堂ミツコ最後の日、お待ちしていますね。なにかありましたら、こちらの連絡先まで」と、天国宅配便の名刺を渡して、帰っていった。

「え、何なの？　結局、何の荷物だったの？」という母の声で、ようやく我に返る。しばらく頭の中に嵐のようにいろんな考えがめぐって、真智はその封筒を持ったまま玄関に突っ立っていた。

　紫のカードをもう一度確認する。日時は、次の土曜日、昼の一時だ。

　封筒には他にも、食券が入っていた。それはずっと通い詰めていた、懐かしい食堂ミツコの食券だった。

　気がつけば、母がまだ怪《け》訝《げん》そうな顔でこちらを見ているので、「行ってた食堂の、最後の営業日のお知らせだって」と簡単に伝えた。ふうん、という顔で頷いて、母が居間に戻っていく。

　真智は、封筒を持つ自分の手が冷や汗で、冷たくなっているのに気が付いた。

　いったい、どんな顔をして、食堂ミツコの最後の日に行けばいいのだろう。

　食堂ミツコのミツコさんを殺してしまったのは、他でもない、自分なのに――

食堂ミツコは、駅前商店街を外れた、路地の奥にある。

真智の母親は看護師をしていて、週にだいたい一回は夜勤の日がある。その日家族は各自で自炊するか、外食するかを選ぶ。真智は高校生で、兄は社会人二年目、父親は管理職、それぞれ帰宅時間がばらばらで、日によっても違ったりする。そのため、炊事当番を決めるというのも現実的ではなかった。兄と父はどこかで簡単に食べて帰ったり、適当なお惣菜だけ買って、家で冷凍ご飯を温めて食べたりすることが多い。真智は、母がいない日は、もらった食事代でどこかに食べに行くことにしていた。それでも、月に何度も豪勢なディナーをしていたら、お金はすぐ足りなくなってしまう。そういった理由で、真智は安くて美味しいお店を開拓することに情熱をかけていた。

食堂ミツコを商店街の外れで最初に見つけたとき、入るのを躊躇した。店構えは古く、店の上部にかかったぼろぼろの看板は錆びと色あせで、かろうじて「食堂ミツコ」と読める。庇《ひさし》はビニールで、赤と白のしましま模様、ところどころ穴が開いたのを裏から防水テープで補修してある。ガラスの引き戸は磨《す》りガラスになっており、中が見えない。引き戸のガラスに、いつ書いたのかわからないほどの風化っぷりを見せる短冊が何枚も貼ってあった。メニューのようだ。読んでみると、日替わり定食五百円。安い。カレーも五百円で、カツなどもトッピングで頼めるようだ。麦とろ定食六百円。ミックスフライ定食が七百円……。

　得てしてこういう店は常連客で占められていて、女子高生なんかがふらっと入っていくと、すでにいる客に（なんだお前、ハンバーガーでも食ってろ）みたいな顔で見られるものだが、美味しい晩ご飯にありつくためなら、真智は少々のことでは動じなかった。がらり、と引き戸を開ける。これでも真智のひとり外食歴は長い。（なんだお前）というような目で見られても、こちらも気をたしかに持って（ご飯食べに来たんだよ！）という圧を無言で出す。落ち着いて店内を見回し、入口すぐそばの食券機を見つける。さて……という感じで食券機の前に立つと、もう店の中になじむことができる。いかにも慣れていない雰囲気できょろきょろしてはいけない。そんなことでは、いつまでたっても店の異物である。まずは落ち着いて食券機のメニューを眺める。この店の思想を食券機のメニューから読み取るのだ。食券機自体の新しさ、価格帯、品揃え、値段の変遷、読み取るべき情報はいくらでもある。食券機があるということは、店員が少ないということを表す。見たところ、店員はおばあさんひとりのようである。

　食堂ミツコは、Ｌ字になったカウンター席と、四人がけのテーブルがふたつあるだけの小さな店だった。カウンター席に詰めて座っても、最大十三人くらいまでしか入れない。まあ、店の従業員がおばあさんひとりだけなら、そのくらいの人数が上限だろう。

郵便はがき

料金受取人払郵便

牛込局承認

5517

差出有効期間
2025年6月
2日まで

162−8790

新宿区東五軒町3−28

㈱双葉社

文芸出版部 行

ご住所	〒		
お名前	（フリガナ）	☎	
		男・女・無回答	歳
メールアドレス			

ご購読ありがとうございます。下記の項目についてお答えください。
ご記入いただきましたアンケートの内容は、よりよい本づくりの参考とさせていただきます。その他の目的では使用いたしません。また第三者には開示いたしませんので、ご協力をお願いいたします。

書名（　　　　　　　　　　　　　　　　　　　　）

●本書をお読みになってのご意見・ご感想をお書き下さい。

※お書き頂いたご意見・ご感想を本書の帯、広告等（文庫化の時を含む）に掲載してもよろしいですか？

1. はい　2. いいえ　3. 事前に連絡してほしい　4. 名前を掲載しなければよい

●ご購入の動機は？

1. 著者の作品が好きなので　2. タイトルにひかれて　3. 装丁にひかれて
4. 帯にひかれて　5. 書評・紹介記事を読んで　6. 作品のテーマに興味があったので
7.「小説推理」の連載を読んでいたので　8. 新聞・雑誌広告（　　　　　　）

●本書の定価についてどう思いますか？

1. 高い　2. 安い　3. 妥当

●好きな作家を挙げてください。

（　　　　　　　　　　　　　　　　　　　　）

●最近読んで特に面白かった本のタイトルをお書き下さい。

（　　　　　　　　　　　　　　　　　　　　）

●定期購読新聞および定期購読雑誌をお教えください。

（　　　　　　　　　　　　　　　　　　　　）

それでも、見たところ客はこの近所に住む常連ばかりらしく、新聞を読んだりして自宅の居間のようにそれぞれリラックスしている。ご飯時なのに三人だけで、この席が全部埋まることはなさそうだった。

カウンター内の厨房にいる店主は七十代後半くらいに見える、見るからにおばあさんだったが、手際はしっかりしていた。たぶんこの店、食堂ミツコと共に年を取っていったのだろう。どこに何があるかはよくわかっていて、目をつぶっていても対応できそうだ。

真智は五百円玉を入れると、食券機の一番上、一番左にある、本日の日替わりメニューのボタンを押した。しばらくして、取出口に食券がはらりと落ちてくる。食券機の隣に積まれたガラスコップからひとつ手に取り、給水機で水を入れた。給水機自体は骨とう品みたいな年代物だったが、水受けもどこもかしこもぴかぴかに磨き込まれている。真智はコップを持って空いたカウンターに座った。

本日の日替わりメニューはサバの味噌煮定食だった。こういう店に中間は無い。どうしようもないか、すごく美味しいかの二極だ。この前、ふらりと入った食堂で大外れを引いてしまったところだった。油は古いし、フライからは変な臭いもして、あとから具合が悪くなった。外観ではまだ判断できない。

ほどなくして出てきたサバの味噌煮定食の香りに、真智はうなる。サバのこの照り。一度全体を焼いた後に煮てあるらしい。「いただきます」と小さく言って、ワカメの味噌汁を一口飲んだ。ふわっと立ち上る出汁と味噌の香り。この味噌はいい味噌だ。となるとこの味噌煮は……箸で崩すと金に照り映えるサバの皮から白い身が現れる。それを味噌煮のタレに少しつけて食べる。

ハッ！　となって真智はカウンターの中にいるおばあさんを見た。おばあさんとは一瞬目が合ったが、美味しいかい？　どうだい？　この味噌はね、どうたらこうたらで、サバはどこそこの、とか言ったりしない。ただ、すいっと視線をそらすだけだ。それでも真智とおばあさんの間では、わかり合えるものがあった。

このサバの味噌煮定食は、世にも美味しいのだと！

白米はつやつやで米粒が一粒一粒笑っているようだし、味噌煮、米、味噌汁、味噌煮、米、味噌汁の相乗効果で、一口食べるごとにどんどん美味しくなっていく。

食べ終わらないうちに、真智はこの店に通うことを決めていた。いそいそと食券機のところへ行き、お金を入れてご飯のおかわりのボタンを押すと、真智はひとり満足して頷いた。食堂ミツコ――ウェブや雑誌の中の情報では出てこない、隠れた黄金郷《エルドラド》をここに見つけた、と。

母が夜勤になるたびに、食堂ミツコのメニューを片っ端から試してみたが、驚いたことに味噌煮だけではなく、和・洋・中にカレー、どのメニューも丁寧に、美味しく作られていた。フライはパン粉がカリッカリになっていて、口の中で、ザクリッ！　と音を立てる。味噌汁はアサリのときもあったが、出汁のなんと美味しいこと、これこそ海の恵みだった。中華スープの滋味もいい。毎週通っていても「いらっしゃい。今日はどうしたんだい、遅いね」などとは言わない。「なんで高校生なのによく来るの？」とも「いつもありがとうございます」なんてことも言わない。そのクールなたたずまいが、食のプロという感じがする。食堂ミツコは真智の大切な場所となった。他の食堂に浮気するということもなく、毎週毎週の食堂ミツコ通いが楽しみだった。

食堂ミツコで特に真智が気に入ったのが、アジフライだ。ある日、真智はあまりの美味しさに感動し、店内の写真とともに、アジフライ定食の写真をスマホで撮った。どうしてそんなことをする気になったのかはわからない。とにかく真智は自分のＳＮＳに――それもたった数名しかつながっていないアカウントに――書き込んだ。

食堂ミツコのアジフライ定食は最高！　今日もお客さんは三人しかいないけど、ここのアジフライ定食は世界一の味という内容を、言葉を尽くして書き連ね、この定食が五百円なんてことはこの世の奇跡だ、と締めくくった。

それは、ほんの独り言のつもりだったのだ。

　明くる朝、ふとSNSを開いて、驚いた。ものすごい通知の数である。見れば、自分の書いた食堂ミツコの投稿が、恐ろしいくらいに拡散されていた。食堂ミツコのレトロな内装と価格、いかにも美味しそうなアジフライの写真が目を引いたらしい。真智はこんなことは初めてだったので、恐ろしくなってアカウント自体を消してしまった。まあ、自分の個人情報が含まれる投稿は何もしていなかったので、誰が書きこんだのかまではわからないだろう。悪口じゃなくて、美味しいと書いたのだから、多少の宣伝にもなるだろうし、食堂ミツコのプラスになりはしても、よくないことは起こらないだろうと思っていた。

　その週も母の夜勤があり、食堂ミツコのある路地の近くまで来て驚いた。長蛇の列である。その列は店の前からずっと続いて、路地をはみ出してもまだ続いて折れ曲がっている。引き戸のところへ立って、戸が開くときに中を窺ったら、全席が埋まっており、カウンターの中でおばあさんが忙しそうに立ち働いていた。この混み具合に、さすがに手伝いを呼んだのか、年配のおじさんもてきぱきと配膳している。

　まあ、食堂ミツコは、見るからにあまりもうかってなかったみたいだから、少しは宣伝になったのかな、と思った。SNSの影響なんて、もって数日だろうし、すぐに客足も落ち着くだろうと思っていた。

　ところがその次の週は、行った時点で表に〔品切れのため本日は終了しました〕と貼り紙があった。まだ六時なのに、もう何もかも売り切れてしまったらしい。真智はお腹をすかせたまま、しょんぼりとした気持ちで他の店を探す羽目になった。

気になって検索すると、〔昭和レトロの食堂ミツコ最高！〕〔創業五十七年の老舗《しにせ》！　食堂ミツコに行ってきました〕として、たくさんのＳＮＳの投稿があり、インフルエンサーも投稿して、その投稿がまた人を呼んでいるようだった。すると今度は動画配信者が現れた。配信者は、並んで一時間半、注文してから出てくるまで三十分もかかったことに文句をたらたら言い、こんなところに来るのは時間の無駄だと、食堂ミツコをこき下ろした。味もたいしたことはないなどと言っていた。すると別の配信者が、おばあさんがやっている昔ながらの食堂にそれはないと反論をぶっかけ、あちこちに議論が飛び火してひどいことになっていた。

来る日も来る日も、食堂ミツコの前には長蛇の列ができている。

テレビを何気なくつけたら食番組をやっていて、昭和レトロ食堂特集として食堂ミツコが映っていた。おばあさんの隣には、例の年配のおじさんだけでなく、新たに手伝いに呼んだという孫がいた。レポーターが、アジフライを一口食べ、「ん〜おいしーい！」などと言っているのを前に、真智は家で納豆をかきまぜつつ泣いていた。何が、ん〜おいしーい！だ。あたりまえじゃないか。食堂ミツコのアジフライは最高なんだから。こういうレポーターは、取材に行く先々の店で、全部食べるとお腹いっぱいになってしまうから、一口食べて後は残すという噂を聞いたことがあった。真智は足で床を踏みならしていた。食堂ミツコのアジフライを残すなよ絶対に！　残すくらいならわたしにくれよ！　この前からぜんぜん食べられていない。あのアジフライをもう一度、たった一口でもいいから食べたい。

昭和のまま時が止まったような食堂ミツコは、おしゃれな若者が写真を撮るための格好の場所となった。話題のスポットに行ってきた！　とＳＮＳの反応がすごいので、みんながこぞって写真を撮りまくる。食堂ミツコはテーマパークじゃない！　と真智は叫びたかったが、元はと言えば自分の投稿のせいだ。

また母の夜勤の日がやってきて、今日こそ行こうと、真智は早足で食堂ミツコに向かった。すると今日は行列もなく、よかった、と思ったが扉が開かない。見れば、戸のところに、〔一時、店を休みます〕と貼り紙がしてあった。

気になって、仏花などを売っている、はす向かいの花屋まで行って訊いてみた。そこの店員も、おばあさんとだいたい同年代のようだった。

「ああ。寺島さんねえ、なんだか知らないけど、急にお店、流行りだしたでしょう？　テレビもいろいろ来たり、なんとか言う、素人番組の配信の人？　も来たりね。それでねえ、めちゃくちゃ忙しくなったものだから、無理して倒れたみたいなのよ」

「えっ」

「トイレも我慢して、毎日大量の仕込みをしてねえ。ひとりでは対応しきれなくなって、手伝いの人を増やして、孫も呼んだけど、それでも、あれだけのお客をさばききれなくてね。もとは、このあたりの常連のための、趣味みたいなのんびりした店だったんだけどね」

「過労とかですか」

「過労ならよかったんだけど……。寺島さん、根性あるから、弱音とか吐かないひとでさ。いろいろ気が張ってたから、気づかなかったんだろうね。自分の身体のことを」

それ以上は、話さなかった。

花屋さんは、あまりに深刻そうな真智の顔を見たからか、とってつけたように「まあ、最近の医学はすごいからね、少し休んだら、きっとまた元気になるよ。大丈夫、大丈夫」と言った。それは、花屋さんが、自分自身に言い聞かせているようだった。

そうだ。きっと休んだら元気になるはず。そして、お店もまたやってくれるはずだ。あの一時的なブームは去って、もとののんびりしたお店に戻り、また食堂ミツコの定食をお腹いっぱい食べられる。真智はそう信じていた。

しかし、突然やってきた天国宅配便によって、現実はそうではないと、はっきりとわかってしまった。

あのおばあさんを死に追いやって、食堂ミツコを壊したのは、わたしだ。

もしも、常連たちだけに料理を作っていて、暇だったなら、おばあさんは身体の不調にもすぐに気が付いただろう。無理もしなかったはず。そうしたら、すぐに病院にも行けたかもしれない。おばあさんはプロだった。食堂に来るお客を満足させるために精一杯やったのだ。だから、自分の身体を後回しにした。

わたしのせいだ。真智は顔を覆う。

あのおばあさんがＳＮＳをやっていたとは思えないから、真智の投稿のせいでこうなったとは、おばあさんにはきっと気づかれなかっただろう。でも、もし知っていたら――なんてことをしてくれたんだと、おばあさんは真智の投稿を恨んだはずだ。のんびりした、常連のためだけの店だったのに。あんたの投稿のせいで、いきなりこんなことになってしまった、と。結局、おばあさんは健康も店も、すべてを失った。七十代にしていきなりの激務は、どれほどまでに身体に負担だったろう。

真智の投稿したアカウントはもう消してあるし、あの最初の投稿を、真智と結びつける人は、誰もいないはずだった。ＳＮＳのトラブルをよく学校で聞いていたので、自分の情報はひとつも書き込んでいない。常連客は数人いた。そのうちの誰かだと思ったとしても、特定する手がかりはもうどこにもない。

食堂ミツコを壊したのはお前だと、誰かに糾弾されることは、たぶんない。

それでも。

どんな顔をして食堂ミツコの定食を食べたらいいのだろう。

最後の日、招待されているのは六人だという。たぶん、通い始めた頃、店でよく顔を合わせていた人たちだろう。

真智は、食堂ミツコに行くのが怖かった。体調を崩したので……、と七星の名刺の番号に連絡して、行くのをやめようかとも思った。

それでも、真智は、覚悟を決めた。大好きだった食堂ミツコの、最後の一日を見届ける義務が、自分には、あるのではないかと――


お昼過ぎ、服を着替え、コートを着込んで首にマフラーを巻いた。もうすぐ春が来るはずなのに、風はまだ冷たい。自転車に乗ると、顔が痛いくらいだった。ほっぺたが赤くなっているだろうと思って、赤信号で停まったときに手でさする。自転車を駅の月極駐輪場に止め、白い息を吐きながら歩いて食堂ミツコのある路地へと向かった。商店街をまっすぐ歩いて、脇道に入り、交差点を二回通過する。風が冷たく、歩いている人も寒そうに着ぶくれしていた。

時間は昼の一時なのに、まったく食欲がない。もう常連客は中にいる頃だろうか。他の客に話を振られたら、どう答えよう。なんだか、急に忙しくなっちゃって驚きましたよね、とでも言おうか。

扉には、〔本日貸し切り〕と貼り紙がされていた。

戸を開けると、懐かしい店内の景色が広がる。同時に料理の美味しい匂いと、暖気にふわっと包まれた。そうだ、ここは食堂ミツコ。古びてはいても、不潔さはなく、どこもかしこもぴかぴかだった。経年によるくすみはそのまま店の歴史だった。

意外なことに、呼ばれているはずの常連客は店の中にひとりもおらず、L字形のカウンターの隅に、灰色の制服を着た七星が座り、厨房の中には、いつかのテレビ番組で見た、孫だという若者が立っていた。見たところ年齢は近そうだが、学生とは違って、早くから社会に出ている人特有の、世慣れたような雰囲気がある。その若者は愛想がまったくなく、態度からしても、ちょっと怖いような感じがした。髪の色も明るい。ピアスもして、パーカーの上から銀のネックレスを下げ、なんというか――おばあさんの孫なのに、ちゃらちゃらしたものを感じる。さすがにエプロンは着けていたが、それがなかったら、コンビニ前で座り込んで、うるさくたむろしている人たちとそう変わらない見た目だ。

「いらっしゃいませ」その孫がだるそうに言った。「ませ」は消え入りそうだった。

「ようこそ、真智さん。お待ちしておりました」と七星が立って、どうぞどうぞ、とカウンターの真ん中の席を勧める。

「こちら、ミツコさんのお孫さんの寺島倫《りん》太《た》郎《ろう》さんです。ミツコさんと一緒にお店をやっていらっしゃいました。本日の料理人です」

ひょこ、と倫太郎が頭を下げる。

「あの。他の常連さんたちはどうしたんですか。お話では、五人いらっしゃると」

「ええ。いらしてましたよ。十一時にご夫婦でお二人、他にお一人、十二時にお二人を招待いたしました。この時間帯も、ミツコさんのご指定でした」

ということは、自分で最後なのか、と真智は思った。食堂ミツコ最後の日の、最後の客だ。

ガラスコップの山から、ひとつを選んだ。給水機で水を入れると、カウンターに座る。いつものようにコート類やマフラーを椅子の背にかけた。

「何にしましょう」倫太郎が言った。今日はおばあさんから届けられた食券がもう手元にある。真智は封筒から食券を出した。

「……アジフライ定食を」と言う。食欲は全然ないが、これも招待された者のつとめだと思って食べることにする。

倫太郎は、片手に大きめのノートを持っていた。それは黒い革の表紙がついており、ずいぶん古いもののようで、小口のところが黄色くすんでいる。どうやらそれは、おばあさんが遺したレシピ帳のようだった。倫太郎は、レシピ帳を開いたままにし、たまにそちらを見ながら料理を作っていく。中は字がびっしりで、図のようなものもところどころ見えた。

出てきたアジフライ定食は、真智がずっと心から食べたかったメニューだった。夢にも見たことがある。衣はサクッと揚がり、付け合わせの野菜の浅漬けもレシピ帳に忠実に作っているのか、おばあさんの味にかなり近い。たぶん、揚げの加減や、調味料の配合みたいなものは同じだ。でも、まったく一緒というわけではない。その少しの差が、食堂ミツコは永遠に失われてしまい、もうこの世のどこにも存在しないのだという残酷な事実を、決定的なものにしていた。その落胆を顔には出さないように気を付けた。

もそもそと咀嚼《そしゃく》し、ご飯も、味噌汁もすべてを飲み込んだ。どうにか残さずに食べ切ることができて、ほっとした。

「ごちそうさまでした……」

真智は、このカウンターから見る景色が好きだった。毎日磨き込まれた木のカウンターの深い艶、厨房に整然と置かれた鍋やフライパン、アルミの大鍋、湯気を立てる業務用炊飯器、そのどれもがミツコの手の届く範囲に無駄なく置かれていた。カウンター越しに、お盆にのせられて出てくる料理の数々を思い出す。飾り気のない白い皿からは湯気があがり、それを目の前にすると、誰もが食欲に忠実な顔になる。決して技巧を凝らした料理というわけではなく、むしろ素朴な家庭料理といった趣だが、今日嫌なことがあった人も、泣きたいくらい辛いことがあった人も、ここ食堂ミツコの中ではいっとき、何もかもを忘れられる。食堂ミツコはそんな場所だった。

　倫太郎が、フライ返しか何かを流しに雑に置く音で我に返る。食堂ミツコの中でそんな音を聞いたのは初めてだった。ああ、おばあさんはもうどこにもいないんだ、と真智は思って、目を伏せる。

「ばあちゃんは、店をやるのを楽しみにしてた」

　倫太郎が独り言のようにつぶやく。真智は、そうですか、と当たり障りのない相づちを打とうと思ったが、その倫太郎の目つきが冷ややかなことに気づいて黙った。

「俺はこの食堂を継がないから、この店は今日で最後ということになる。そしてあんたは最後の客だ。ばあちゃんは、料理を作ること自体が好きっていうか、家でごろごろしてると身体も心もなまるからって、周りがもういいかげんお店は引退したらって言うのも聞かないで、この店に立ち続けてた。だけどある日、急に店が混んで回らなくなって、人が足りないから手伝って欲しいって呼ばれたんだ。俺、ラーメン屋の厨房でバイトしてて、ちょうどやめたところで、一応、料理はできたから」

　倫太郎が淡々と言う。

「そうでしたか……」何も言わないのもおかしい気がして、目を合わせないように言った。

「この店さ――」倫太郎はちょっと言葉を切った。奇妙な間だった。真智が視線を上げると、倫太郎がこちらをじっと見下ろしていた。

「この店、一日に来るのは、大体いつもの顔ぶれで、五、六人、多くても十人とかの店だったんだ。普段の客は、このあたりのひとり暮らしのじいさんやばあさんたちだ。年を取ると、やれスーパーで重い食材を買って、やれ余らせないように料理してって、自炊するのも何かと大変だろ？　でも普通の店だと量が多すぎたり、若い人の味付けだったり、値段が高すぎたりする。近所の常連たちばかりだから、あの人は少な目、あの人はドクターストップがかかってるから、油物は半分なんてことも、ばあちゃんはちゃんとわかってた。でも、そんな店がなぜか急に流行り出したんだ。よそからのお客が列をなすようになった。なんでだと思う？」

倫太郎は、カウンターにいる七星に質問を投げかけた。

「それは、ミツコさんの料理がすごく美味しいからですよね」ハキハキと七星が答えた。

「そうじゃない。誰かがＳＮＳに、この店のことを投稿したからだ」

ぎくん、と真智の心臓がこわばった。手に持ったコップから視線を上げられない。

七星は、「いわゆる〝ＳＮＳでバズる〟という現象ですね。すごいです」とにこやかに言っているが、真智はさっき無理に飲み込んだアジフライの油が胃の中で固まっていくような、嫌な重みを感じていた。顔にはなんの表情も出さないように、飲みたくもない水を、そのまま一口、二口と飲んだ。

倫太郎の声が続く。

「この店も古いし、ばあちゃんだって年寄りだ。食堂ミツコは、もうあと数年でも、ほそぼそと営業を楽しめたらいいなっていう感じの店だよ。あんな人数が押し寄せて、ばあちゃんが対処しきれるわけがない」

倫太郎は何かを思い出したように、ふう、と長いため息をついた。

「ごちそうさん、と満足して帰っていくお客さんがいる一方で、細いねえちゃんの客なんか、写真を撮るだけ撮って、ちょっと端っこだけかじって出ていくんだ。炭水化物がどうとか言って、ご飯に箸もつけねえ。ひとりふたりじゃない、何人もだ。目的は、話題の昭和レトロな食堂に行ってきたっていうことだけだからな。作っても作っても、残飯のバケツに、ほとんど手つかずの料理を捨てることになった。ばあちゃんは満タンの残飯バケツを見て、何も言わなかったよ。配信の奴らにも好きなように言われた。たいして旨くもないってさ。でも、ばあちゃんとバイトの人と俺は死ぬ気で客をさばいた。常連には文句を言われ、味が落ちたと嘆かれ、並んだ奴らには料理が遅いぞってイラつかれてた。品切れになったら、並んだ時間を返せってばあちゃんも俺も怒鳴られた。必死で謝ったよ、俺もばあちゃんも。仕入れを増やしても、客は毎日増え続けた。みんな撮影には熱心だった。料理そっちのけで店のあちこちを撮って、クッソ忙しく調理するばあちゃんにポーズの指定までしたりな。店が暗いってフラッシュを俺らにバシバシ浴びせたり。俺はさ、店を手伝いながら、誰があの最初の投稿をしたのかずっと探ってた」

胃のあたりが鈍く痛む。真智は、目を上げることもできず、ただ水をもう一口飲んだ。

「女の客」

意味ありげに倫太郎はそう言って黙った。

真智が目を上げると同時に、こちらを見据える。「写真の角度的に、背はそこまで高くない。決定的な手掛かりは、写真の箸の向きから投稿の主が左利きだということ――」

まさに今、左手でコップを持っている真智は、そのままの体勢で固まった。

この会話の流れと、雰囲気に何か不穏なものを感じたようで、七星が会話に割って入った。

「あれ？　もしかして倫太郎さん、常連客の皆さんにご飯を作って、長く料理し通しだったので、お疲れですか」

場を和ませるように明るく七星が言う。

「疲れるわけないじゃないですか。ぶっつづけで何時間も満員の店回して、二時間仕込み、また六時間くらいは普通にやってたんで、このくらい、わけない」

倫太郎は、吐き捨てるように言う。

「SNSに投稿したのは、その時期と文面から見て、一見客じゃない、常連の客だ。よく来てた客の中に左利きは七十過ぎのじいさんがひとり。あとは、俺が知らない、若い女の常連客がひとり残った。今日、最後にここへ来る客だ」

倫太郎がこちらを静かに見据えている。

「えっ、何？　さっきから、どうしたんですか」こちらと倫太郎の顔を交互に見て、七星だけが、情報を把握できずに戸惑っている。

真智は、もう真っ青になっているだろう顔を伏せた。

食堂ミツコの料理はどれも最高だった。どの料理も、下ごしらえがちゃんとなされ、手間暇かけて作られていたのを知っている。値段が安かったのも、近くに住む高齢者に美味しいものを安く提供しようと思ってのことだったのだ。

手も付けられず残されていく料理たち、すぐにいっぱいになっていくバケツの残飯、珍しいアトラクションのように写真を撮りまくる客、様変わりしてしまった店の様子を見ながら、おばあさんはどんな気持ちでフライパンを振っていたのだろう。

長年にわたって、食堂ミツコでおばあさんは美味しい料理を作り続けてきた。それが、こんな台無しの形で終わりを迎えることになってしまって、真智はもう、どう謝っていいのかわからなくなった。どうしてあんな投稿をしてしまったのか。つい軽い気持ちでやったことが、こんなことになってしまうなんて。償うべき相手は、もうこの世にはいない。どんなに謝っても、その声が届くことはない。

もう、取り返しがつかないのだ。

「すみません……」その声は自分の声なのに、自分の喉から出ていないような、震える声だった。「わたしがあんなよけいな投稿さえしなかったら、今でも、きっとミツコさんは……何もかも、わたしのせいです。ミツコさんも……お店も……」

鼻の奥がつんと痛んだ。堪え切れなくなった感情が、涙になって一度にあふれた。わあっと声を上げて真智は泣き出す。慌てて七星が隣に来て、ハンカチを差し出したり背中に手をやったりしてなだめてくれたが、真智はそのままカウンターに泣き伏せた。

頭上から声がする。「まさかこの騒動の元凶が常連のあんただって知ったら、ばあちゃんはどう思ったろうな」

七星が立ち上がる気配がした。

「あの……どういうことですか」

倫太郎は、「この投稿を見てください」とカウンター越しに自分のスマホを七星に渡している様子だった。どうやら真智が書き込んだ投稿を見せているようだ。アカウントを消す前に、保存されていたらしい。この投稿がきっかけとなって、店が殺人的な混み具合になり、毎日長蛇の列となった。古くからいた常連客はお店にも入れなくなって、おばあさんは毎日追われるように店の業務をこなしていたことを倫太郎が説明する。

「常連だけだったら、無理なく店を回していけたんだ。店がこんな風になっちまったのは、あの最初の投稿のせいなのは確かだ。みんながあの投稿を見て、毎日ヤバい人数が押し寄せて来たんだからな」

しん……と店の中が静まった。しばらく何の音も聞こえない。

真智はこの間を妙に思って、涙をハンカチで押さえながら、七星を見た。

七星はカウンターを挟んで倫太郎の正面に立ち、まっすぐに対峙していた。倫太郎のほうが、少し背が低いのを気にしているのか、ちょっと背筋を伸ばして、自分を大きく見せるようにしている。

七星は大きな目で倫太郎を見つめていた。倫太郎もにらみ返すが、七星は少しも目をそらさない。その目は澄んでいて、怒っているのでも責めているのでもない、不思議な表情をしていた。

「な、なんだよ」

「わたしは、生前のミツコさんから直接依頼を受けました」

　静まり返った店の中で、七星の声はよく通った。

「ミツコさんが持病をかかえていらしたことは、ご本人が一番よく知っておいででした。食堂が急に忙しくなったのは事実ですが、そのことについて驚いてはいても、〝先を読めそうで読めないのが人生だ。おかげでいい仕込みができた〟と笑っておられました」

「仕込み？　ああ、この天国宅配便のことか……。最後のほう、ほとんど会えなくなってた常連に、ばあちゃんなりに何かしたいと思ったんだろうな」と倫太郎がつぶやく。

　七星は、おばあさんが使い続けて、キーの字が薄くなっているレジを見つめた。もう使われることのないレジだ。

「わたしは、ミツコさんがお亡くなりになったのが、誰かのせいだとは思いません」と七星はきっぱりと言った。

　誰かのせいではない。本当だろうか。そんなことを言ったところで、おばあさんはもう亡くなってしまったのだ。一緒に働いてきた倫太郎にしても、やりきれない思いでいるのは同じだと真智は思う。

　倫太郎は、しばらくふてくされたように壁の一点を見つめていたが、やがて、ふうっと長いため息をついた。

「まあ、店がめちゃくちゃ忙しくなったのは、今でもあの投稿のせいだと思ってるけどさ……」

〝投稿のせい〟と、言葉こそきついが、その表情からは、さっきまでの冷ややかさは消えていた。

倫太郎は、しばらく厨房をぼんやり眺めていた。かつてそこで黙々と包丁をふるっていた、おばあさんの姿を思い出しているのかもしれなかった。

「今思えば、いくらでも他にやりようはあった」

倫太郎の声がだんだん沈んでいく。

「〝俺が店やっとくから、ちょっと病院で診てもらってきなよ〟とか、〝ここは任せて、ちょっとは休みなよ、ばあちゃん〟って、俺が言ってやればよかったんだ。でもそうは言わずに、ただ、隅で手伝いだけしてた」

倫太郎は、いつしかうつむいていた。いつの間にか、店に来たときから感じていた、とげとげしい雰囲気は消えていた。ただただ、大切な人を亡くした寂しさに打ちのめされているようだった。

「もしもばあちゃんが休んで、いきなり、自分ひとりでこの店を回せって言われたら、何の自信もなかったから。俺は料理の補助ならできるけど、この食堂の味を守れるなんて思わなかったし、やりたいとも思えなかった。孫の代になったら、途端に味が落ちたなって言われるのは嫌だったしな」

　店の中が、重い沈黙に包まれる。

「誰のせい、誰のせいって、本当は誰のせいだったんだろうな……俺がもっとしっかりした孫だったら、ばあちゃんも安心して店を任せられただろうし、もっと早く病院にも行けたのかもしれないな」

　七星が首を横に振る。

「いえ。誰のせいでもありませんよ。ミツコさんご本人もおっしゃっていましたが、店に立つのは、ミツコさん自身の願いでもありました。〝病院でずっと寝付くのは性に合わない。人生最後のその日まで店に立てたら本望だ〟と。倫太郎さんのことを、〝この婆の最後のわがままをわかってくれた、やさしい孫だ〟ともおっしゃっていましたよ」

　それを聞いて、倫太郎は少しだけ表情を緩めた気がした。

「〝人生最後のその日まで店に立てたら本望だ〟って、仕事の鬼だったばあちゃんらしいや……。ほとんど無一文のところから、この店をここまでやってきたんだものな」

　しみじみと倫太郎がレシピ帳を見ていると、

「ところで、倫太郎さんは、ミツコさんから何も聞かされていないのですか。この真智さんのことを」

　七星が突然、妙なことを言い出す。

「前来てて、ちかごろ足が遠のいていた常連だと聞いてる」

「それだけですか？　もしかして、なぜミツコさんが今日の真智さんの順番を最後に、しかもひとりにしたか、ということも聞いていないのですか」

「何がだよ、何の話だ」

　腕組みする倫太郎に、七星は不敵な笑みで返した。

「ミツコさんは、真智さんの秘密を守ったんです」

「はあ？　何が秘密だ。あんた何言ってるんだ」

　倫太郎はイラついたような声を上げるが、七星は構わず続ける。

「ミツコさんは、配達人にはその秘密を、内緒で教えてくれました。すみません。必要だったもので。お年頃の女の子だし、わたしの大事な大事な常連のお客さんだからと。あと、最初の投稿のこともミツコさんは知っておいででしたよ。常連客の誰かに投稿を見せてもらって、知ったんだそうです。これは真智さんの投稿だと、すぐにわかったとおっしゃっていました。こんなにも料理を褒めてくれて、嬉しかったと」

　七星が隣の椅子に座り、こちらにまっすぐに向き直った。

「あと、ミツコさんから、真智さんに伝言です。もし最後の日、真智さんが遠慮しているようだったら、〝何も遠慮することはない、食堂ミツコ最後の日を心ゆくまで楽しんで欲しい〟と、必ず伝えて、とのことです」

七星の声は、何かを宣言する人のように力強かった。

目を合わせると、七星がひとつ頷く。

おばあさんは、投稿したのが真智だと知っていた。あの投稿のことを恨みながら亡くなったのではなかったのだ。

真智の目頭がまた熱くなる。

急に調子が出てきて、身体が軽くなってきた。真智は涙を指先でちょっと押さえた。全身に血が熱く巡り出すのを感じる。

「唐揚げ定食ひとつ」

真智が封筒からもう一枚食券を出して差し出すと、倫太郎は驚いた顔をした。「あんた何言ってるんだ、今食ったばかりだろ？　残したら承知しねえからな」

出てきた唐揚げ定食を前に「いただきます」と言う。そうだ、これだ。濃いめの醤油ベースの漬けダレに、限りなくからっと揚がった鶏の唐揚げ。レモンと塩。千切りのキャベツもすべて一本残らず食べた。先日からずっと心の中にあった罪悪感がすべて払拭されて、真智の心も胃袋もいまや、青空のように澄み渡っていた。

「オムライスとポテトサラダ」「中休みにお漬物セットと豚汁」「あとレバニラ炒め。大盛りで」

封筒から次々と食券を出して、トランプのように並べる。倫太郎はこちらを驚いたように見て、そのまま数秒固まっていた。

「あの……？」

「あっ、ハイただいま！」

我に返ったように倫太郎が支度を始める。

これで食堂ミツコの最後かと思うと、悔いが残らないように心を込めて食べておきたい。

真智は、一分間の消費カロリーではスポーツ第一位を誇る水球部所属、部活終わりのこの食堂ミツコ通いが、どれほどまでに人生のうるおいだったか。

冷蔵庫を覗いて「しまった、もうレバーがない！」と倫太郎が言うと、「わたし買ってきます！」と七星が財布を手に立ち上がった。「角の肉屋だ！　豚レバー二百グラム。いや、四百グラム頼んます！」と倫太郎が叫び返す。七星が斜めになって走り出ていく。

「あ、レバーの仕込み、今からだと三十分はかかりますよね。その間に、じゃあ、とろろ汁と三色おにぎりセットをいただきます」と、真智はまた封筒から食券を出し、お水を少し飲んだ。

走って帰ってきた七星が「戻りました！」と出したレバーの包みを、倫太郎は「助かります！」とリレーのバトンのように受け取ってすぐさま下ごしらえに入る。できたレバニラ炒めは、短時間の下ごしらえで、味が少し薄いが臭みは残っておらず、美味しくいただいた。途中、ご飯が足りなくなったので、封筒を逆さに振って食券を出し、ご飯（大）をおかわりした。

「客六人にしたら、仕込みの食材が妙に多いなと思っていたんだ……いくらなんでもこんなにはいらないだろうって、豚レバーは発注のとき俺が勝手に減らした。ばあちゃんの間違いだと思ってたから……」と言いつつ、冷蔵庫を開けた倫太郎が、ぶるっと身震いする。「ジャストだ。今、冷蔵庫の中身と、炊いた米がちょうど空になった」

食堂ミツコのおばあさんは、誰よりもプロだった。

ほどよくお腹がふくらむ幸せを噛みしめる。

今、それぞれに、ミツコの姿を思い浮かべているようだった。白い割烹着に白い三角巾の、無口なおばあさんのことを。

倫太郎が、黒い革のレシピ帳を手に取ってしみじみ眺める。それは、食堂ミツコの命とも言えるレシピ集なのだろう。

「あの。そのレシピ帳、どうなさるんですか」真智が訊く。

「どうするって……さあ？」

煮えきらない倫太郎の言葉に、真智は、意を決した。

「これがとてもあつかましい申し出なのは自分でもわかっています。でも、もし、もう使わないなら、わたしにそのレシピ帳を譲っていただけませんか」

食堂ミツコがこの世から消えても、このレシピ帳があれば、またおばあさんの料理が食べられるかもしれない。もちろん、おばあさんの味とまるっきり同じものは技術的に無理だろう。でも、少しずつ食堂ミツコの味に近づけていくことはできるかもしれない。

しばらく倫太郎はレシピ帳を眺めていた。ひとつ頷き、真智にそのレシピ帳を差し出そうとして――その手が止まった。

「この食堂を継がないかってばあちゃんに言われたのは、入院中の一度だけだった。俺が断ったとき、ばあちゃんは寂しそうだった」

黒い革のレシピ帳を胸にしっかり抱いて、倫太郎がふうっと息をつく。

「このレシピ帳は、やっぱり渡せない。ごめんな」

そうか。やはり、と真智は思う。実の孫としては手放すことなんてできないだろう。でも、もうこれで、永遠に食堂ミツコは無くなってしまったことになる。自分は、ずっと覚えておけるだろうか――と、真智は食堂ミツコの中を眺めた。いつもの食券機、カウンター、古くてどっしりした椅子。白い三角巾に割烹着を着たおばあさんが作ってくれた、数々の料理を。最後に食べたのはアジフライ定食だった。あれが最後になるなんて思ってもみなかった。今日の次は明日があたりまえに来て、明日の次は明後日が当然のように来て、いつもと変わらない毎日がずっと続いて……と思っていても、誰にも予想がつけられない形で、終わりは突然やってくる。

流れていく時の中ですべてはうつろっていく。そのゆるやかな流れの中で、誰もその場にとどまり続けることはできない。忘れたくない、と真智は思う。できることなら、この店、食堂ミツコのすべてを心に焼き付けたく思った。

「なんか、俺、ばあちゃんの気持ちが、ちょっとわかったような気がする。作ったものを片っ端から、こんなに旨そうに次々平らげる奴を見ていると、なんか、こっちもやる気がわいてくるっていうか」

倫太郎がまっすぐにこっちを見た。

「あんた、真智さんって言うんだっけ」

「はい」

「地元の先輩たちには、食堂なんてクソだせえってさんざん言われてる。あくせく働くなんてもう古い、土地売って投資して、でかい夢を追わなくちゃ男じゃないってよ」

何を言い出すのかと思って、真智は緊張しながら倫太郎を見つめた。倫太郎は、しばらく自分の開いた右手のひらを眺めている。

その指に力が入り、ぐっと、こぶしを握る形となった。

倫太郎の目がまっすぐに真智を見返す。

「この食堂ミツコは潰して売ろうと思ってたけど、それはやめる。店は続ける」

脚に力が入って中腰になった拍子に、真智の椅子がガタン！　と鳴った。

「このレシピ帳で俺が作るから、そしたら真智さん、あんた、また食べに来てくれるか」

「もちろんです！　よろしくお願いいたします」

真智は声を裏返らせながら応えた。その隣で七星が、うんうんと頷いている。

最後に、倫太郎がお茶を出してくれた。懐かしい味のほうじ茶だった。食堂ミツコの最後は、いつもこのほうじ茶だったのだ。三つの湯気が、食堂ミツコのくすんだ天井へと上がっていく。

「俺、ばあちゃんの料理で大きくなったんだ。中坊のとき家出したことあるけど、飯がまずくて二日で帰ってきた。ばあちゃんの料理にはそんな力があったと思う。どこまでできるかわからないし、まだまだ、俺にはいろいろ足りねえことはあると思う。その道五十年以上のプロだった、ばあちゃんの味はまだ無理としても、少しずつやっていくつもりだ。このレシピ帳と一緒に」

　じっと、倫太郎はレシピ帳を眺めていた。

　誰もがいつか、この世からいなくなってしまう日が来る。それでも、おばあさんのすべてが消えて、無になってしまったのではない。おばあさんの肉体はこの世になくとも、食堂ミツコの味と志は、孫の倫太郎に受け継がれていく。この食堂ミツコを愛した、すべての人の記憶とともに。

「で、真智さん、今日どうだったよ？　俺の料理は」

　口調は軽いが、緊張したように、倫太郎がこちらを窺っている。

「そうですね。美味しくいただきました。あえて言うなら、おばあさんは、疲れ気味のときにはちょっと味付けを濃いめにしてくれたり、客の様子を見て加減してくれていたように思います。あと今日は全体的にちょっと塩が弱いのと、オムライスの卵のふわっと感が足りないかと。千切りもすこし太い」と言いつつ、真智はお茶を一口飲んだ。「レモンの切り方の向きは縦向きでお願いします」

「お前、言ったそばから……」と、歯ぎしりしそうな顔をした倫太郎が、「わかったよ、次からはもうちょっとうまくやるから。千切りとレモンだな、あと塩な」と言って腕組みした。

「ごちそうさまでした」と言うと、「絶対来いよ！」と倫太郎が言う。

「あとさ、気が付いたことがあれば、今日みたいに言ってくれ。めちゃくちゃ腹立つけど、あんたからのアドバイスは、聞いといたほうがいいような気がする」

「任せてください。今日は控えめです」と真智は親指を立てて頷いた。

「くそっ腹立つ。でも来て絶対。待ってるから。いつか、ばあちゃんより旨いと言わせてみせる！　絶対にだ！」

満足感でいっぱいのお腹を両手でさすりながら、ふう、と息をついて真智は言う。「道のりは遠そうですねえ」

「うるせえ！　また来い！」

笑って七星と外に出て、もう一度振り返り、食堂ミツコを眺めた。もう二度とここには来られないのだと思っていたから、しみじみ嬉しかった。冬の空はカンと晴れ渡り、雲が高くたなびいている。〝食堂ミツコ〟というボロボロの看板、赤白のビニール庇に、磨りガラスの引き戸が見える。この店の五十七年間を思った。いろんな人が通っただろうし、毎日、様々なことがあったろう。嬉しいことも、悲しいことも。

いや、これからも、いろんな人が来る店になるのだ。倫太郎の手によって。食堂ミツコの歴史は終わらない。

七星が、感心したように目を見開いて言う。

「いやあ、話には聞いてましたけど、すごい食べっぷりですね。びっくりして見ていました。ミツコさんの最後の招待状を渡すために、真智さんのことを学校まで捜しに行ったんですが、似顔絵と、とにかくよく食べる女子高生のお客様を捜しているんです、って言ったら、皆さん全員、それは絶対に真智さんだと。他にはいないからって」

真智はちょっと照れながら笑った。

「もともと食べることが大好きなんです。あと水球部って、練習がめちゃくちゃハードだから、いくら食べても全然太らなくて。おかわりすると、おばあさん、嬉しそうでした。食堂ミツコでいっぱい食べたいから、お金を二回分貯めておいて、一気に食べたりしていました。ミツコさんもだんだん慣れてきて、漫画みたいな大盛りご飯をよそってくれたりして」

七星も、おばあさんを思い出しているようだった。

「ミツコさんは、戦後すぐに生まれて、家の事情で、幼いころは地方を転々としたそうです。そのこともあったのでしょう、お腹いっぱい食べられることが、人の幸せなんだと言っていました。でも、それよりもっと幸せなのは、お腹ペコペコな人に料理を作って、それを全部残さず美味しそうに食べてもらえることだって」

七星はしみじみと、食堂ミツコの看板を見上げた。

「今日の最後のお届け物は、常連さんや、真智さんに対してもそうなんですが、本当は、倫太郎さんへの贈り物でもあったんじゃないかなと、わたしは思っています」

　七星が、意外なことを言い出した。

「倫太郎さんへの、贈り物？」

「ええ。ミツコさんは、真智さんの注文を受けて料理を作るとき、料理人をしていて、あんなに楽しいことはなかったと言っておられました。ミツコさんは、倫太郎さんにも味わって欲しかったんじゃないですかね。お料理を作ることと、働くことの醍醐味を」

　七星と真智は、ゆっくりと路地を歩き出す。

　真智が角を指さし、「あっ、そうだ。別腹と言いますし、この近くにシフォンケーキの美味しいところがあるんですよ。食堂ミツコの前途を祝して、締めにいかがですか？」と誘うと、「見ているだけでもうお腹いっぱいです」と、七星は笑った。

　交差点を曲がる前に、もう一度振り返る。いつもおばあさんは、会計が終わって、「ハイありがとうございました」と言った後は、何も話さなかった。特別な言葉がなくとも、店主と客の間には、何かつながるものがあった。赤白の庇と、色あせた食堂ミツコの看板が、またね、と言っているような気がして、真智は心の中で思う。また来ます！

第3話

いつかのファンレター

シェアハウス——世の中には、広いキッチンで住人たちが手料理を分け合い、中庭で語らうようなところがあるという。ひとりが楽器を弾き出したら、それに皆が耳を傾けたりセッションしたりするらしい。住人たちそろっての団体バス旅行や、ボードゲームに映画上映会なども。フリーのクリエイターばかりが住んでいて、仕事のアイデアを出しあったり、時には励ましあったりできるところもあるという。

どこか遠くの惑星の話みたいだ、と須藤《すどう》未玖《みく》は思う。

未玖の暮らしているのもシェアハウスだが、都心にありながら家賃の価格帯が比較的低いせいか、二十五歳の未玖よりももっと若い世代が多く、外国人も多い。探した中で最安のシェアハウスは二段ベッドで、私物のみをロッカーに入れるタイプだったが、さすがに見学して自分には無理だと思った。あくまで個室があって、ということにこだわると、ほとんどワンルームと変わらないくらいの家賃となってしまった。それでも敷金などがなく、必要最低限の家具があらかじめついており、光熱費がかからないという点においては助かる。

一階部分に個人の細長い部屋が五部屋、蜂の巣のようにぎっしり隣りあっていて、二階にも同じように五部屋並んでいる。トイレとシャワーとキッチンは共同で、一階と二階にひとつずつ、キッチンも各階につきひとつ。キッチンとはいえ、レンジがあり、二口電気コンロでお湯が沸かせるくらいで、手の込んだものは作れないし誰も作らない。部屋はビジネスホテルのシングルルームよりもずっと狭く、ベッドを置けばほとんど床が隠れるくらいだ。窓は縦長の小さいものがひとつだけ。防犯のため、全開にはならない。

　右隣の部屋から、隣人のけたたましい笑い声が聞こえる。あまりにうるさければ耳栓をする。左隣の部屋からはゲームの音漏れの重低音が響く。このシェアハウスは人の気配がいつでもしており、合わない人なら一日と保たず頭をかきむしりながら部屋を出て、二度と戻らないだろう。こんなにも毎日、隣の人間たちの存在を肌に感じていながら、お互い共有部分では目を合わせずに会釈してすれ違う程度だ。交流は一切ない。それはビジネスホテルで宿泊しているときに、同じ階の客と、エレベーター前で顔を合わせたときの雰囲気と似ている。

　こんな暮らしでも我慢できるのは、未玖には夢があるからだ。たぶん他の人間たちもそうだろう。ここに永住したいなどと考える人はいない。早い人間は一か月、大体が数か月で去っていき、今では八か月前に入居した未玖が、このシェアハウスの中では古株になっているくらいだった。

　今日はテレフォンアポインターの仕事は休みだが、午後には単発のバイトを入れてある。

午後になるまでに、この貴重な休み時間を使って洗濯をしたいと思っているが、さっきから共有している洗濯機の回る音が響いているので、しばらくは何もできない。未玖は洗濯機の音に耳を澄ましながら、ベッドに寝転び天井を見上げる。あたりまえだが天井も狭く、見ていると自分が狭いケージに閉じ込められた動物になった気がしてくる。そんなときにはいつも、自分が成功して、海辺で暮らし、好きなときにボードを持って海へ行ける暮らしを想像する。ここでは波の音も聞こえないから、頭の中で必死に記憶の中の海を呼び起こす。打ち寄せる波……岩の隙間に滑り込む小さなカニ……潮の香り……

だれかに名前を呼ばれたような気がした。誰だろう。夕日が水平線に沈む……くるぶしに波が打ち寄せる……

「須藤さん」

今度は下の階の方からはっきりと聞こえて、「はい」と起き上がる。

「須藤さん？　ちょっと、表に宅配便の人が来ているみたいなんですけど」

この住人は地声からして独特なアニメ声で、話しかけられているのに、アニメの一幕を観ているような奇妙な感じがして、一瞬、反応が遅れた。

「すみません、すぐ出ます」

未玖は軽くため息をつくと、ざっと鏡を見て拭き取りシートで顔を拭く。そこには眉毛が薄く目も細い、地味な顔立ちの自分が映っていた。日焼けはまったくしていない。最後に海に行ったのはいつだったろうと未玖は思う。緑色によどんだ東京の海じゃない。砂浜があり、澄んだ波が打ち寄せる海だ。未玖は髪をゴムで手早く団子にまとめた。服装は起きたときのままだが、ジャージならコンビニくらいは行ける。その上に防寒のフリースを重ね着した。

　このシェアハウスには宅配ロッカーがあるが、通販を利用しまくる住人もいるので、大抵誰かの荷物で埋まっている。シェアハウス暮らしの数少ない利点は、いつも室内に誰かがいることによって、再配達がないことだった。暗黙の了解として、宅配便の荷物は気が付いた誰かが受け取り、それを玄関脇のスペースへ積んでおく。未玖のいる期間にはなかったが、過去には盗難騒ぎがあり、住人同士でかなりもめたらしく、高価なものは近くのコンビニ留めにするのがルールでもあった。

　あわてて未玖が階段を下りると、声をかけてきた一階の声の主と目が合った。「ありがとうございます」と小声で言い、未玖は玄関の外で待っているらしき配達人のシルエットを見た。ドアの縦長にはまったガラス部分から見ても、ほっそりとした背の高い男だ、と思う。

　それにしても、受け取りが本人でないとならないのは書留かなにかだろうが、未玖には思い当たる節がなかった。

　扉を開けると、そこには女の配達人がいた。配達人の時給はいくらくらいなのだろう。未玖は会う人会う人、着ている服や髪の艶、肌や化粧の感じや爪の先などをくまなく観察して、その人がひと月に自由にできる金はどのくらいか、想像するのが癖のようになっていた。

どんな人でもだいたい予想がつくのだが、その配達人は制服をきっちり着こなしているせいか、判断がつかなかった。神社の境内で見かけた思いがけない動物のような、なにか独特の気配をまとっていて、雰囲気がつかみにくいせいもある。とりあえず、年が近いということはわかった。胸のところには、羽根のマークのロゴと、「七星」という名札がついている。

「〝天国宅配便〟です。お荷物のお届けに参りました。須藤未玖さんでいらっしゃいますか」

「はい……」

「わたくしども天国宅配便は、ご依頼人の遺品を、しかるべき方のところへお渡しするという仕事をしております」

「え。依頼人？　わたしに？　遺品？」

母方の祖父母は亡くなっているし、父方とはとうの昔に縁が切れている。

七星と名乗った配達人は、茶封筒を見せてきた。「このお荷物に関しまして、少し説明したいことがございまして……」と話しだすが、未玖のすぐ後ろで「すみません」という低い声がした。ちょうど玄関を塞ぐ形になっていたので、未玖も「すみません」と言いつつとりあえず脇にどいた。後ろにいたのはどこで売っているのかわからない服を着た黒ずくめの女だった。女はカコ、カコ、とコンクリートに木槌のような足音を響かせながら出て行った。

あいにくこのシェアハウスには、来客と話し合えるような気の利いたスペースはない。自室に誰かを入れるのはルールでかたく禁じられている。とはいえ玄関で立ったまま話すというわけにもいかず、未玖は、「すみません、ここではなんなので、近くに公園があります、そちらで」と手短に言った。

それにしても、と未玖は思う。この七星という配達人は、ここの住所をどうやって知ったのだろう。母親には前の住居は教えてあったが、引っ越し先については曖昧にぼかして教えていない。教えたら、すぐ帰ってこいと言うだろう。実家の建物はもうなく、帰るにしても、母が再婚するであろう男と、連れ子の息子と暮らしているようなアパートへ行くのは遠慮したい。

まだ桜が咲くには遠そうな曇天の下、シェアハウスから数十メートル先の小さな公園に着いた。公園とはいえ、遊具は三歳児でも三回滑ったら飽きるような、なんの変哲もない滑り台とジャングルジムの簡単なものしかない。ベンチも人が寝転んだりできないように、真ん中に出っ張りがついていた。その下には吸い殻の山ができている。元は花壇だったところが、枯れた雑草や捨てられたペットボトルで覆われており、どこを眺めても寒々しい風景だった。

仕方なく、「こちらへ」と七星にベンチを示す。「すみません。うちシェアハウスなもので、中に誰かを入れるのは、ルールで禁じられていまして」と言い訳のように付け足した。

「いえいえ、お気になさらず」と、ベンチに横並びになった七星が、気のいい感じで言う。

「遺品って、わたし思い当たる人がいないんですけど。お間違えでは？」

七星は封筒を示したが、差出人の名前、〝犬神《いぬがみ》ケイ〟にはまったく覚えがない。

「こちらは、犬神ケイ先生からの贈り物です」

先生、と言われて、小学校、中学校、高校のいろんな先生の顔を思い浮かべようとしたが、そんな名前の教師には覚えがなかった。幼稚園だけでなく、習い事の講師も思い浮かべる。

「先生……？」

「漫画家の、犬神ケイ先生です」

いくら考えても、漫画家の知り合いなんて身近にひとりもいない。そんな、遺品を送ってくるような近しい漫画家なんて。

まだ考え込んでいると、七星が助け船を出すように、「犬神ケイ先生は、昔、未玖さんにファンレターをよくもらっていたとおっしゃっていましたが……」と付け足した。

「えっ」

言ってしまってから数十秒黙り、「ええっ！」と声を上げた。

思い出した。

未玖がファンレターをせっせと出していたのは小学生の頃だ。あれは、何年生の頃だったろう。たぶん、小学校低学年の頃だったと思う。はっと未玖の脳裏に、ある絵が浮かび上がった。

あの漫画は、月刊誌に連載されていた。その発売日が毎月、どれだけ楽しみだったか。その名も「魔法少女☆マジカルサキ」。今はっきりと思い出した。そうだ、「魔法少女☆マジカルサキ」だ。

それは、サキという魔法少女が仲間のルカ、ユウと一緒に、魔法の力で学園に出没する悪鬼を退治するストーリーだった。今思えば、何でそんな漫画に夢中になっていたのかわからない。あるとき、未玖はファンレターなる概念を知る。〝先生へのお便りはこちら〟という欄の住所に手紙を送れば、漫画家の先生が見てくれるかもしれないのだという。未玖は、当時は漫画家とキャラクターの区別が曖昧だったこともあって、この手紙の先に本当の魔法少女のサキがいると考えた。自分の手紙や思いがサキたちに直接届く！　と思うと全身が震えた。当時、母親の趣味が懸賞への応募で、家にたくさん切手が買ってあったのは幸いだった。

母に切手をもらっては、毎月のようにファンレターを書き続けた。感想をたっぷり便せん数枚にわたって書き、自作の絵なんかも描いて送った。

「犬神ケイ先生は、デビュー当時、言われなき盗作騒ぎで、ずいぶん気落ちしていらっしゃったんだそうです。未玖さんがずっとファンレターで応援してくださって、編集部の空気も変わったと。あのファンレターに、どれだけ救われたかとおっしゃっていました」

後になってわかったことだが、「魔法少女☆マジカルサキ」は不人気作だった。犬神ケイ先生はその「魔法少女☆マジカルサキ」がデビュー作だったのだが、ほとんど時を同じくして、誰でも名前を知っている、大御所漫画家の魔法少女ものが世に出る。その魔法少女の漫画は年齢を問わず売れに売れ、アニメ化も決まる一方で、劣化コピーだ、○○先生のパクり、二番煎じ、比べものにならないクズ作品だと、ことあるごとに貶《おとし》められたのが「魔法少女☆マジカルサキ」だった。

同時期に発売された同テーマの漫画とはいえ、犬神ケイ先生が大御所漫画家のアイデアを奪って描けるわけはなかった。企画にだってそれなりの準備期間はいる。犬神ケイ先生の運がなかったところは、同月の月刊誌の発売日が少し遅かったということにつきる。いや、少々発売日が早かったところで、圧倒的な筆力を持つベテラン漫画家と、まだデビューしたばかりの新人の犬神ケイ先生の描く内容は比べものにならなかっただろう。ちょうどスマホが普及し始めた頃だ。未玖は当時、小学生でスマホを持っていなかったので知らなかったが、同じような展開を、ベテランはどう描き、下手な新人漫画家はどう描くかという意地の悪い比較ページなどもあったようだ。

でもそんなことは、未玖にはどうでもいいことだった。

未玖にとっての「魔法少女☆マジカルサキ」は、誰がなんと言おうと、世界一面白い夢の漫画だった。

主人公サキは、ちょっと抜けているところもあるけれど、勝ち気で正義の心を持っている女の子だった。なにより友達思いで、こんな子になれたらいいなあという点を全部持っていた。耳にかけたショートカットに強いまなざし、サキの髪形や体形などが、自分にちょっと似ているのも嬉しかった。現実の未玖は友達付き合いがあまり上手ではなく、自分から友達になりたい子もあまりいなかったが、漫画の主人公のサキだけは、本当に、心から友達になりたいと思った。サキの絵も練習した。今思えば、自分の下手な絵をプロの漫画家に送るのもおこがましいのだが、サキや仲間たちだけでなく、未玖自身の姿をキャラクターにしてファンレターに描いたりもした。なんとかサキたちと友達になりたくて、今日こんなことがあった、あんなことがあったと書いた。ファンレターの返事はなかったが、それでよかった。

七星と目が合った。思い出せてよかった、というように頷いている。

ふっと何かに思い当たる。

「え……でも、住所は……」思わずつぶやいた。ファンレターの返事なんて来るわけがないのだ。だって、小学生当時の自分は、封筒の裏面に自分の住所を書くことすら知らなかったのだから。

じゃあ、どうやってわかったのだろう?

「ファンレターに名前は書いていましたが、わたしの住所は、たしか書いてなかったはずです。当時、手紙には自分の住所を書くものだと知らなくて」

「弊社は、お客様の大切な最後の贈り物を届ける天国宅配便ですから。ご依頼があれば、最善を尽くします」

七星は、自信に満ちた表情で、静かに微笑んだ。

とはいえ日本は広い。須藤姓もたくさんいる。急に、目の前の七星が、何かのオカルトの力で、例えば振り子とか水晶玉などを使って居場所を探し当てたのかと思い、ぞくっと身体が震えた。

「手がかりがちゃんとありましたから。昔のファンレターを、犬神ケイ先生は全部大切にお持ちだったんですよ。申し訳ありませんが、調査のため、わたくしどもも読ませていただきました。まず消印は、高知東からで、だいたい位置を絞りました」

「それでもどうやって……」だいたい地域は絞れたとしても、しらみつぶしに捜していくわけにもいかない。

「手紙の内容に、〝今日は創立記念日でお休みです〟という手がかりがありました」

「まさか……そのあたりにある小学校の創立記念日を、全部調べたとか」

「ええ、もちろん。あと、遊びに行く公園の名前や、駄菓子屋の名前なども手がかりとなりました」と言って、七星は当然のように頷いた。もしかして、その細々とした情報をたぐりよせて実家の場所をつきとめたと言うのだろうか。それでも、すでに数年前から母親は実家を手放し、再婚予定の相手の家にいるので、かつての実家があった場所には別の人が家を建てて住んでいる。

「でも実家はわかっても、わたしが今のシェアハウスに住んでいることまでは、わからないでしょ？　どうやって」

　そうなのだ。未玖は、一年と少し前に同棲していた恋人と別れている。家具などもすべて知人にあげて処分し、このシェアハウスに越してきたのだ。元はスポーツクラブのインストラクターだったが、コロナが猛威を振るったこともあって休館し、月収がほんの数万円となった。これでは暮らしていけない。他の就職先を見つけようと思っても、スポーツクラブはどこも休業していたり、やっていても会員数がぐっと減っていたりなどして、再就職は難しかった。収入を失って、同棲も解消したため家もなく、母が住んでいるアパートには行きづらく、行ったとしても、その近辺では仕事だって見つかりそうもない。そこで、とりあえずということで越してきたのが今住んでいるシェアハウスだった。ただの仮住まいなので、特に誰にも住所は話していない。

「はい。未玖さんは、東京のスポーツクラブで頑張っているとのお話を伺いましたので」

「誰に」

「ご実家のご近所の方です。もちろん、犬神ケイ先生の事情をお話しした上で、こちらの名刺もお渡ししてあります」

　七星は、当然のように言う。ということは、わざわざそんな不確かな情報を得るために、この七星は実際に高知まで行ったというのか。

　未玖はまじまじと七星の顔を見つめた。

「行ったんですか、わざわざ……」

「ええ。弊社では、お届けする相手を、責任を持ってお捜ししますので」

　さらりと言うが、この七星という配達人に底知れぬ何かを感じる。

　今この七星は〝責任〟という言葉を使ったが、配達するのが遺品なら、こんな手の込んだことをしなくてもいいはずだ。依頼人が存命のうちは形だけ〝今、捜索中です〟と言っておいて、あとは放っておいても依頼人にはばれない。この世からいなくなってしまえば、本当に届いたかどうかなんて依頼人にはわからない。それを、こんな探偵みたいに……。

「で、わたしがスポーツクラブに勤務していて、東京にいるのはわかったとして、その後は」

「そのスポーツクラブにご挨拶して、事情をまた説明して、未玖さんのお引っ越し先を捜しているとして、名刺をお渡ししました」

「誰もわかんなかったでしょ」

あたりまえだ、ここに住んでいることは誰にも言ってない。

「ええ。でも家具はできるだけお知り合いにお渡しになったのに、通勤で使っていた自転車はそのまま使うとおっしゃっていましたよね。未玖さんの自転車はご自分でカラーリングしたショッキングピンクの愛車だったと言う方がいらして、それは持って行ったと。次は少しシェアハウスをお使いになる予定だとも。電動でない自転車で行ける範囲として、スポーツクラブから半径四キロの円に絞りました。近いところのシェアハウスから捜して、自転車置き場にショッキングピンクの自転車があるかを調べました」

「怖っ」思わず口に出していた。「でもさ、たまたま自転車が無かったら？　壊れて捨てたとかもありうるでしょ。買い物に行ってたってこともあるし。それで、見つからなかったら？」

「そのときはまた、別の方法を探します」と、七星は事もなげに言った。

「なんでそこまで……」

捜したけど見つかりませんでした、と宣言しても、誰にも責められないはずだ。お金も生前にもらっているのだろうし。ここでいくら頑張ったところで、一銭ももうかるわけではない。

また、未玖はまじまじと七星の顔を見る。こんな人間には会ったことがなかった。

「この封筒は、犬神ケイ先生の、人生最後の願いですから」

そう言って、七星は封筒を差し出した。厚みから言って、ただの手紙ではなさそうだった。

「でも、遺品ってことは、犬神ケイ先生って、もうお亡くなりになっているんですよね」

「ええ。一か月前にご病気で。闘病中に、弊社にご依頼をいただきました。未玖さんに、どうしてもこの封筒をお渡しして欲しいということでした」

未玖は受け取った封筒を手に、曖昧に頷く。

連載開始から数年経ったあるとき、楽しみにしていた月刊誌に「魔法少女☆マジカルサキ」休載のお知らせが載った。その後「魔法少女☆マジカルサキ」は未完のまま、再開されることはなかった。単行本も、六巻の最後、話の途中で止まっている。休載してからしばらくの間は再開を毎月心待ちにしていたが、月日は経ち、そのうち記憶も薄れていき、小学校のときにはまっていた漫画のことなど、未玖は今の今まですっかり忘れていた。

「犬神ケイ先生は、ファンレターをくれた未玖さんのことを、ずっと忘れずにいたんです。

そういうお話を伺うと、弊社としましても、しっかりお届けしなくては、と気持ちが引き締まりました」と七星は言う。「今日、こちらのお届け物をお渡しできて良かったです。何か困ったことがありましたら、いつでもこちらへ」と、白い羽根マークの天国宅配便のロゴが入った名刺を一枚渡して、七星は去って行った。

とりあえず、シェアハウスの自分の部屋へ帰って、おそるおそる封筒を開けてみた。すると、中身はホッチキスで製本した手作りの本のようだった。ページをめくると、どうやらそれは漫画だった。昔の勢いのある線とはまったく違って、よれよれとしていた。たぶん、犬神ケイ先生は、これを病の床で書いたのだ。

犬神ケイ先生は、漫画家とは言っても、作品は「魔法少女☆マジカルサキ」一作のみで、その訃報がニュースになることもなかった。

未玖は、その漫画を少しも読むことなく閉じた。目につくところに置くのもなんとなくためらわれて、一つしかない鞄の外ポケットにつっこむ。

こちらは、犬神ケイ先生のことを綺麗さっぱり忘れて、思い出しもしなかった。それなのに、こんな天国宅配便なるサービスまで使って、漫画を送ってくれたことが、なんだか後ろめたかった。犬神ケイ先生が、どのくらいお金をつぎ込んだのかはわからないが、昔ファンレターを送っただけの自分に、なんでそんな手作りの漫画を送ろうと思ったのか。今でも未玖がずっと大ファンでありつづけたのならわかるが、未玖はもう、あのころの子供ではない。今の自分は、とてもこの漫画を読む気にはなれなかった。

人生最後の願い、という言葉も重いし、本当に地の果てまで追ってくるような執念を持ちあわせた配達人もなんだか怖かった。〝責任〟という言葉だけで、あれだけ人は動けるものなのだろうか。

とにかく、今の未玖には、過去を振り返ってノスタルジーに浸っている暇も、気持ちの余裕も無かった。小学校の思い出でお腹は膨れない。今のテレフォンアポインターの給料は出来高制で、契約一件につきいくらで割り振られる。未玖はまだこの仕事を始めたばかりで、業務にまったく慣れていない。もっと頑張らなければ、すぐに、このぎりぎりの暮らしからも振り落とされてしまう。夢の暮らしにはほど遠い。

ようやく洗濯機が空いたらしく、音が止まった。すぐに行かなければ、また誰かに先を越されてしまう。夜間は使えないためにうまくやらないと、すぐ洗濯物がたまってしまうのだ。慌てて未玖は洗濯物をまとめた。そのまま鞄の中の漫画のことを頭から追いやった。

二週間後の月曜日、未玖はスーツに着替えると、化粧をして髪を整えた。そろそろ仕事に慣れてきたこともあり、研修期間が終わって、今日から支店に配属されるのだ。

早朝、他の住人を起こさぬように足音を殺して外に出た。コートの前をかき合わせる。配属された支店は、交通の便があまり良くないところにあり、電車からバスに乗り継いで、さらに何十分か歩かなければならない。何度調べてもそのルートしか出てこなかった。車かスクーターがあればと思うが、維持費がかかる。話では、応援部隊として臨機応変に支店を異動することもあるらしいと聞いている。もう配属先がここで決まりということなら、スクーターなど買ってもいいのだが、まだ購入するには時期尚早という気もする。それは、無事に契約を取ってボーナスが出たら考えようと思った。

　時間にして一時間半、ようやく支店に到着する。

　五階建て程度の古いビルが隣り合って並んでいる一角に、目的のビルを見つける。古びた雑居ビルの三階を見上げた。このビルは中も古い造りでエレベーターがなく、階段で移動することになっている。上ってみると、その階段は狭く、誰かとすれ違うときには身体を横にしなくてはならないほどだった。

　三階に到着する。オフィスでは機密保持のため、入口のカウンターで各自スマホを出し、トレイに載せることになっている。これは、研修に入ったところでも、支店でも同じシステムのようだった。担当の職員に挨拶し、受け付けを済ませる。「本日は二番でお願いします」と言われる。

カウンターの向こうのワンフロアが未玖たちの職場で、長机が置かれ、お互いの声が入らないよう、間隔を空けて八名のテレフォンアポインターが座ることになっている。あらかじめ電話先のリストと、情報を入力するパソコンが置かれている。通話はヘッドセットをつけて行われる。

部屋の一番奥にパーティションが置かれていて、その向こう側が簡易休憩室となっている。会社の規定で、一度入室すれば退勤まで外出は許されていない。そのため、各自コンビニなどで昼食用の菓子パンや弁当を調達してから入室する。

電話ブースと隣り合うように、左にもうひとつ部屋があるが、扉が閉め切られていて中は見えない。そこでは幹部が別の事務作業をしているため、未玖たちは立ち入ることができない。

部屋の奥、左隅にトイレがひとつだけある。男女共用なのは嫌だったが、贅沢は言っていられない。

壁には、〔落ち着いてはっきり発音〕〔夢に向かって走ろう〕などと書かれたポスターが貼られている。

未玖はスポーツインストラクターの経験があったため、話し声がはっきりしていて、特にお年寄りとの会話の進め方をよく心得ていた。今話しているこの人は不安なのか、寂しいのか、怒りを感じているのか、丁寧に寄り添い会話することで、その人が心の中で望んでいることをうまく引き出すことができた。スポーツインストラクター時代は、誰よりもクレーム処理が上手だったのだ。

電話応対にはマニュアルが準備されているが、そのマニュアル通りにうまく誘導しようと焦る他のテレフォンアポインターを見て、（下手だな。自分ならもっとうまくやれる）と、研修のときは思っていた。相手の声に隠された思いを聞かなければだめだ。未玖の発声の仕方や態度などは周りに認められ、上司からも、「期待しているよ」と言われている。この仕事がやりたかったわけではないが、しっかり結果を出そうと未玖は思う。ここで午前八時から午後五時まで、昼休憩一時間を除き、ぶっつづけで電話をかけるのだ。

うまく行きかけたらパソコンに〈成約〉と打ち込み、上司にサインを送るのだが、サインを送ろう、と思った矢先に、「やっぱりちょっとな」と急に相手の心が変わって一件失敗した。何十分も話し込んで、心を開かせていたところだった。もう少しだったのに、と未玖は心の中で悔しがる。

すぐにSNSで（なんなの今の無駄な時間！）などとぼやきたかったが、スマホは退勤時間まで受付に預けているので、それは無理なのだった。

結局、配置換えとなった初日の今日も、一件も成約しないまま昼の時間になった。入社してから、いまだに契約は取ったことがないので、このままではほとんど無給になってしまうと思うと焦る。パーティションの向こう側は一応、個室のように区切られており、ソファがあって、リクライニングさせて仮眠したりすることも可能になっている。末玖はパンプスを脱ぐと、ソファをリクライニングさせて、楽な姿勢で持ってきた蒸しパンをひとつ食べた。コーヒー牛乳を一口飲む。

パーティションの向こうでは、今も他のアポインターが電話をかける声が響いている。

この、食事した後の昼休みの時間を、末玖はもてあましていた。大体の昼食は菓子パンひとつなので、どれくらいゆっくり食べても十分で終わってしまう。スマホは受付にあり、昼休みの時間も使用は禁じられている。ｉＰａｄなどのタブレットの持ち込みも禁止だ。仮眠しようにも、気持ちが高ぶっているせいか、眠れない。スマホ無しの何もできない時間が、こんなに苦痛だとは思ってもみなかった。持ってきていた雑誌も全ページを読んでしまった。雑誌は資源ごみの日に、住人の誰かが外に出したのを拾ったもので、新しいものを買う金銭的余裕なんてない。イライラして時計を見るも、一分しか経っていない。何か暇を潰せるものがないか、なんでもいい、と思って鞄の外ポケットを探ると、何かが指に触れた。

それは、先日もらった、犬神ケイ先生の手作り漫画だった。そんなものがあったことすら、すっかり忘れていた。

未玖は、仕方なくそれを手に取る。

コピー用紙で作った、よれよれの漫画だ。

はらりと何かが間から落ちてきた。それは、七星の名刺だった。もらった名刺を適当に漫画のページのどこかに差し込んでおいたらしい。とりあえず、その名刺はポケットに入れた。

表紙をめくると、文字があった。

〈汚い字でごめんね。未玖ちゃん、たくさんのファンレターをありがとう。わたしは、あなたのおかげで、漫画家として、とても幸せでした〉

震えているような、かすれた弱々しい字だった。

そうなんだ。こっちは思い出しもしなかったんです。すみません。未玖は思った。

次のページも、文字が続いていた。そちらは手書きではなく、プリントアウトしたものを、長々と貼り付けてあった。

そこには、犬神ケイ先生がデビュー当時、あまりのバッシングに、もう「魔法少女☆マジカルサキ」の連載を止めて、漫画家自体、辞めてしまおうとまで思いつめていたことが綴られていた。

毎月送られてくる未玖からの絵入りのファンレターで気持ちが変わり、連載打ち切りを決めつつあった編集部の心も動いたこと。てこ入れで、ただの魔法少女ものにプラスして謎解き要素を入れ、それが独自路線となって、風向きが大きく変わり、固定ファンもずいぶん増えたとある。

そうだった。「魔法少女☆マジカルサキ」は、途中から少し話の雰囲気が変わったのも好きな点だった。小学生当時のクラスでも、サキが好きという子も増えてきていた。

〈あのとき、本当にあきらめなくてよかったです〉とある。

闘病生活が始まって、うまくペンを持てなくなったこと。回復をいつまでも待っていると編集部には言われていたけれども、休載した「魔法少女☆マジカルサキ」が未完で終わってしまうのがとても残念だったこと。それでも、未玖ちゃんからのファンレターは、いつだってわたしの宝物だった、と続いていた。

〈くじけそうになったとき、いつも未玖ちゃんのファンレターを読み返しました。わたしはこの病気に打ち勝って、きっといつか、また漫画を描くのだと〉

文字はそこで途切れていた。次のページをめくると、漫画が始まった。

〈未玖、待った?〉

登校のシーンだ。髪を耳にかけたショートカットの元気な少女、サキが女の子に声をかけている。その女の子を見て息が止まった。それは、紛れもなく自分だった。おかっぱで、当時お気に入りだったチューリップの髪かざりをつけている。そうだ。ファンレターには自画像を描いて送ったことがある。その通りの髪かざりで、その通りの髪形をしている。未玖が漫画の中に入って、サキたちと楽しい学園生活を送っている。授業中サキが指されて、おしゃべりに夢中で先生の話を聞いておらず、〈あっ！〉と慌てているところ、未玖が横から〈法隆寺だよ〉と答えをこっそり教えている。腰まで髪を伸ばしたルカが後ろでくすくす笑っている。

三人の仲間たちと未玖を入れて四人で、昼休みに机をくっつけてお弁当を食べる。そのお弁当にも見覚えがあった。自分がファンレターに描いた、好物ばかりの夢のお弁当だった。

背の高いユウは体育の時間にバスケットボールで大活躍したので、お腹が空いたのかよく食べる。みんなとおかずの交換をしたりして、美味しく食べおわったところで、突然、時間が止まった。壁が割れて悪鬼たちが姿を現す。〈未玖、逃げて〉とサキが言い、未玖をかばいながら、桜の紋章がついたペンダントを掲げて魔法少女に変身した。ユウもルカも瞬時に立ちあがり、それぞれヒマワリの紋章とバラの紋章のペンダントを出した。三人の姿が光に包まれる。

三人は、魔法のコスチュームに身を包んでいた。

華やかに咲き誇る桜、〝勇気のサキ！〟

陽の光を浴びて燦然と輝くヒマワリ、〝元気のユウ！〟

そして誇り高く高貴なバラ、〝知識のルカ！〟

それでも悪鬼の力は強大で、攻撃を避けきれない。三人とも、それぞれ未玖をかばって負傷してしまった。

〈負けない……わたしたちは何度でも立ち上がる！〉三人は、いつもの決め台詞でポーズをとった。

悪鬼が、〈次はお前だ……〉と未玖に狙いを定めて言うと、三人の魔法少女たちが盾になって守ろうとする。

その後ろで。

未玖は天に向かって手を掲げていた。その指の先に出現したのは、光り輝くチューリップの紋章。

指先から光に包まれる。光沢のある肘までの手袋に、袖のところがふくらんだブラウス。ミニスカートはパニエで可愛く持ち上がり、ブーツと胸のブローチにはチューリップのエンブレムがついている。

未玖は四番目の魔法少女となっていた。

「わるいやつはわたしがゆるさない！——わたしは、〝正義の未玖！〟」

悪鬼たちを聖なる花魔法の力で殲滅《せんめつ》した未玖に、サキたちが駆け寄る。「すごいよ未玖！」

未玖は照れくさそうに笑う。

「みんながいてくれたから、わたしも魔法の力が使えたの」

一気に思い出した。

ファンレターの隅に、自分が魔法少女になったときのコスチュームや、決め台詞を自分で考えて書いていたことを。あのころ、「魔法少女☆マジカルサキ」は未玖の世界のすべてだった。すべての台詞を覚えていた。朝起きてから寝るまで考えるのは、サキたちのことだった。漫画の世界に入ったら、こんな風になりたい。こんな風に戦ってみたいと、ずっと考えていた。

漫画は、サキが「ありがとう未玖。わたしたち、ずっと友達だよ」と手を伸ばすシーンで終わっていた。その手は、最後のページを見つめている自分に向けられているようだった。

最後に、よれよれの字であとがきがあった。

〈いつか、ファンレターの未玖ちゃんを捜して、お返事を書きたいとずっと思っていたけれど、だんだん、思うように線が描けなくなってしまって。下手になったって、未玖ちゃんをがっかりさせたくなかったんです。遅くなって、ごめんなさいね〉

手紙はこう続いていた。

〈未玖ちゃん、どんな大人になりましたか。きっとすてきな大人になったことでしょう〉

休憩時間はもう、終わっていた。

すぐに未玖は電話応対に戻る。

この仕事は出来高制だ。うまくやればボーナスも出て報酬も高い。

――未玖ちゃん、どんな大人になりましたか――

――ありがとう未玖。わたしたち、ずっと友達だよ――

やりはじめたからには、この仕事からは抜けられない。未玖にはどうしても、まとまったお金が必要だった。

――わるいやつはわたしがゆるさない！――

そうだ。これは自分が考えた決め台詞だった。もしもサキたちと会えたら、きっと仲間に入れてもらうのだと信じていた。悪と戦う、強くて可愛い魔法少女たちの、四番目の仲間になるのだと。

〝正義の未玖〟

あのころのわたしは、どこへ行ってしまったのだろう。

なんでこんなところまで来てしまったのだろう。

電話応対の最中なのに、頭の中でいろいろな言葉が交ざり合う。〈友達だよ〉「死に金を生き金に代えるのはそんなに悪いことなのでしょうか」〈わるいやつはわたしがゆるさない！〉「大丈夫、老い先短い人たちです」〈みんながいてくれたから、わたしも魔法の力が使えたの〉「これくらいみんなやってますよ」〈未玖ちゃん、どんな大人になりましたか〉「経済活性化のためなんです」〈勇気のサキ！　元気のユウ！　知識のルカ！〉

〈未玖ちゃん〉

　目の前にサキがいる。首から下げた桜の紋章のペンダント、耳にかけたショートカット、くりっとした大きな目。そのサキが、不思議そうにこちらを見つめている。

〈未玖ちゃん？　どうしたの？〉

　いつの間にか、黙ってしまっていたらしい。電話の相手が、心配そうな声を出す。

「もしもし？　どうしたの？　大丈夫なの、ゆかりちゃん」

　未玖は素早く辺りを見回した。他のアポインターは電話に集中していて、受付の男はぼんやりと手元のスマホを眺めているようだった。

　未玖は声を落とす。

「――この電話は嘘の電話です。切ったら、すぐに警察に連絡してください。貴重品をまとめたら、家を離れて安全な場所に避難してください」

　手元にある資産はすでに聞き出してしまった。相手がひとり暮らしだということも、もうわかっているので、あとは武装した強盗がこのおばあさんの家を、偶然訪れる手はずになっている。

「あれ？　あなた、東京のゆかりちゃんでしょ？　ゆかりちゃんじゃないの？」

周囲を窺いながら小声で答える。

「違います」

「そう……」と言っておばあさんは少し黙った。

「そうなのね。ゆかりちゃんが、本当に電話をくれたのだと思ったの。わたしの頭、このごろぼんやりしているから、あの日、ゆかりちゃんが事故で死んじゃったなんて嘘で、ただのわたしの夢で、本当のゆかりちゃんは生きていて、こうやって電話をくれたのだと思っていたの。ゆかりちゃんは生きているんだ、東京でしっかりお仕事を頑張っているんだって思った。そうなの……ゆかりちゃんは、もう、どこにもいないのね……」

未玖は何も言えなくなった。

「あの……お願いがあるの。あなたの声、ゆかりちゃんとそっくりなのよ。本当にそっくり。でも違うのよね？」

「はい。すみません」

「最後に、もう一回だけ、おばあちゃんって言ってくれる？」

未玖は目を閉じる。心を込めて言った。

「……おばあちゃん」

「ありがとう」

電話が切れた。

この電話は録音されているが、午後一時すぎのこの時間は監視者も集中力が切れている場合が多い。でも、あのおばあさんが通報すれば、誰がこの件で裏切ったかはすぐにわかる。隣の部屋に籠もっている幹部たちに見つかったら、ただでは済まないだろう。

最初は、高額報酬のバイト募集に応募したのがきっかけだった。未玖は、同棲も解消してしまい、実家にも帰れなかった。仕事は見つからない、毎日息をするだけでどんどん銀行の残高が減っていく。生活費の足しにと借りたお金を、別のカードで払って返しているうちに借金が増えていった。借金を一本化しようと、ＳＮＳの勧誘のままにお金を借りてしまったところが、悪質な貸金業者だった。返済のあてはない。なんでもいいから、早く仕事を見つけなければと焦っていた。見つかったバイトの内容は、簡単な事務作業だと聞いていた。

面接には、特殊なアプリが必要と言われ、向こうの言うままにダウンロードした。身分証明書を提出し、保証人として、母の連絡先を書いた。それがあとでどんなことになるかもわからずに。

最初は、スーツを着て会社の荷物をA地点からB地点の支店まで運ぶという、手伝いのような仕事だった。それを数回した後で、もっと時給の高い、テレフォンアポインターの仕事をしてみませんかと誘われた。会社名は、どこにでもあるような名前だった。

顧客の潜在的なニーズを探るため、高齢者に電話をかけ、健康に関する意識アンケートをとってほしいとのことだった。

研修先で、はじめてマニュアルを見せられる。


――「もしもし」と言って、相手が「〇〇ちゃんかい」と呼んできたら、「そうだよ」と返すこと――


さすがの未玖も、自分が何をやらされそうになっているかは、はっきりとわかった。

「日本の経済を回すためには、お年寄りのタンス預金を市場に戻さなければなりません。そうやって経済を活性化させることによって、景気も上昇し、みんなの生活が向上するんです」「これは犯罪じゃありません。皆のため、ひいては日本の経済のためになっているからです」「いろんな子がやってますよ。あなたと同じような女性も多いですから、うちは働きやすいですよ」「一緒に夢を追いましょうよ。将来、海辺の一軒家で暮らすんですよね？　借金なんて、すぐに返せますよ」と数名がかりで説得される。

それでも未玖が断ろうとしたとき、動画を見せられた。それは、スーツを着た自分が荷物を運んでいる動画だった。そこではじめて、運んでいた品物の中身を知らされた。それは、運ぶだけでも法に触れるものだった。

「こんなことでお縄になったら、高知にいるお母さん、悲しむんじゃないですか。もうすぐ再婚なさるんですって？　義理の弟さんになる子も、ショックだろうな……野球、続けられるかな……」

幹部のひとりがつぶやいた。

こちらのことは何もかも調べられている。幹部たちの言葉遣いこそ柔らかいが、言っているのは、逃げたりすれば、自分だけでなく家族もどういう目に遭うかわかりませんよ、という脅しだ。未玖は、自分がもう引き返せないところまで来ていることを悟った。

ここでは、きちんと受け答えのできる、女性の声が重宝されることも知った。電話をかけるたびに、自分の中の何かが麻痺していった。「誰でもやっている」「経済の活性化」「眠っているタンス預金の活用」——感覚を麻痺させなければ、やっていけなかった。ボーナスで夢を叶えましょう、と幹部は言った。借金を返して、海辺の一軒家で暮らすのだ。それまでは何も考えないようにする。ここでは会社を模して誰もが動く。スーツを着用して、パンプスを履き、出勤する。アンケート、成約、商品を持って訪問……。やっていることを直視しないよう、そんな言葉で無理やり自分を納得させた。

あのおばあさんが今、通報しているとしても、実際に、警察が発信元を突き止めて動くまでにはタイムラグがある。ただ、幹部にバレるのは時間の問題だ。とにかくここからすぐに逃げなければならないが、入口には受付の男がいて、それを正面突破するのは難しい。下手に扉を開けるとアラームが鳴る。

どうにか突破できたとしても、ここは交通の便が悪く、駅までは遠い。幹部たちに気づかれずに、走って逃げられるとも思えない。

未玖は、それでも入口の受付のところまで行った。

「何ですか」

テレアポの時間帯に、トイレ以外で席を立つのは禁じられている。受付にいる男は、格好こそスーツだが、指先までびっしりと入れ墨が入っており、下から睨みあげる雰囲気もあきらかに堅気のものではない。

「いえ。さっき床にネズミがいたようだったので、ホウキか何かがあればドアから追い払おうかと。ちょうどそのあたりに逃げこんだんですけど……」と男の足下を指さす。

「え、ネズミ？」

足下を探している。どうやら、図体は大きいのにネズミは苦手らしく、机の下を嫌そうに眺めている。

「ああ、ここはいいので、早く業務に戻ってください」と言われ、未玖は席に戻ろうとした。

その前に、トイレにさりげなく寄る。

トイレの中で、自分のスマホをポケットから出した。さっき受付のトレイの上に置かれていたものを、隙を見てかっさらってきたのだ。未玖は必死に考える。今ここで通報して、トイレに立てこもろうとも、この薄い扉にそこまでの強度は期待できないだろう。男たちに蹴破られたら終わりだ。ここは雑居ビルの三階。うまく出られたところで、駅までは遠く、移動手段が無ければ結局幹部に捕まる。

今までに、それなりに親しくしてきた人はいるが、こんなとき、助けに来てくれそうな人は、ただのひとりも思い浮かばない。

自分の薄っぺらな人生を思う。

どうすればいい。

誰にも頼れない。

必死に考え続けた未玖の脳裏に、ある像が浮かんだ。

いや、ひとりいる。

白い羽根のマーク、絶対にあきらめない責任感を持った女が――

ポケットから七星の名刺を出すと、その電話番号に電話をかけた。

トゥルルルル……と呼び出し音が鳴る。未玖は、祈るような気持ちでその呼び出し音を聞いた。

「はい、天国宅配便でございます」

「あの。以前、荷物を受け取った須藤未玖です」

「ああ、お世話になっております……」と明るい声がする。

「すいません、今から言う住所に、すぐに来てもらうことってできますか」

未玖が住所を伝えると、少々お待ちください、と言って数秒の間があった。

「ええ可能です。犬神ケイ先生の件で何かありましたか」

「はい。急ぎの用で。何分くらいかかります？」

「少々お待ちください……道路状況にもよりますが、最短で四十八分後に到着いたします」

七星はハキハキ言った。

「では最短で。ちなみに車ですか」

「あいにく社用車は社長が使っておりまして。赤い配達バイクで参ります」

業務に戻った未玖は、時間のころあいを見計らい、お腹をさすりながら、またトイレに立ち上がる。

受付のトレイの上のスマホが、ひとつ消えていることはまだばれてはいないようだったが、受付の男がこちらを見ていて、目が合ったのが気になる。表情を変えないようにしてトイレに急いだ。

個室の扉の内側にモップとホウキでつっかいをした。バケツを踏み台にして、壁の小さな窓を開けると、そこは隣のビルとの狭い隙間だった。下を見て息をのむ。薄暗くてあまり見えないが、そこには深い崖が切り立っているように見えた。落ちたら終わりの奈落の底、きっと骨折くらいでは済まないし、打ち所が悪ければ死ぬ。でも、見つかればどんな目に遭わされるかわからない。

三階とはいえ、自分が予想していたよりもっと高く思える。このビル、道に面した表だけは塗り直してあったようだが、実際の建物は思った以上に古く、あちこちひびが入っている。

未玖は、穿いていたスカートの縫い目を、力をこめてやぶった。屈伸してアキレス腱も伸ばし、脚の可動域を確かめる。そのまま、小さな窓の対角線に身体の幅を斜めに合わせるようにして、やっとのことで上半身を窓から出した。昔、趣味で少しだけボルダリングをかじっていたのは幸いだった。片手を窓の外枠にかけると、黒い汚れが手についた。踏ん張っているところへ、コンコンコンコン、と神経質なノックの音がした。たぶん受付にいたあの男だ。もう気づかれたか。

「すみません。ちょっと、お腹痛くて！」と叫んだ。

身体を乗り出して、今度は下半身を窓から抜きにかかる。パンプスは邪魔だったので脱いだ。向こうのビルの壁にも手をつきながら、手足をビルとビルとの間に突っ張るようにしてようやく全身が出られた。

ちょうど眼下に、コンクリートでできた二階の窓枠があった。幅は狭いが庇のようになっている。そこへ、注意深く下りていき、片足ずつ体重をかけた。手足の筋肉を少し休める。

ふっ、と急に足の下の感覚がなくなった。

慌てて両手両足で突っ張るが、パンストの足が滑って、壁にこすれた手のひらに血がにじむ。

同時に、爆発でもしたようなものすごい音が響き渡った。地響きが壁を伝ってくる。未玖の乗っていた窓の庇が、老朽化していたのか、まわりの壁と窓枠ごと落ちたのだ。あちこちの窓が開いて、人々が顔を出す。音の出所を探しているようだった。

ビルの間、両手両足を突っ張ったまま、未玖の心臓が身体の中で跳ね回る。

そのとき、未玖の頭上、すぐ斜め上で窓が開いた。見覚えのある、幹部の横顔が見える。

目が合った。

しばらくお互い、無言で見つめ合う。

「あの。ちょっと、落とし物、しちゃって……」

はは、とごまかそうとしたが、それどころではなさそうだった。その男がどこかへ怒鳴るように電話をかけ始める。中からも指示を出す大声が響くのを聞きながら、未玖は一か八か、平均台のように細い、隣のビルの二階の庇を目指して伝い下りた。焦って脚がもつれるのを、両腕を突っ張るようにして持ちこたえる。隣の庇に足を伸ばし、まだ耐久力がありそうなのを確かめる。腕の筋肉はもう限界に近く、ぶるぶる震えている。未玖は祈りながら隣の庇へ飛び移り、平均台の上を歩くように、表通り——光の方へと急いだ。

あのオフィスは三階、エレベーターはなく狭い階段しかない。幹部らが全員下りてくるとしても一人か二人ずつに人数は絞られる。そこに賭ける。

たしか隣のビルの正面玄関には、前に張り出す雨避けの大きな庇があったはず。二階の細い庇から、その玄関の庇に勢いを付けて跳び移ったとき、未玖のスマートウォッチがタイマーの振動を告げる。

四十八分まで、残り一分。

正面玄関の庇にぶら下がって、地面に降りたが、着地の勢い余ってバランスを崩し、道に大きく飛び出した。同時に急ブレーキをかける音が響く。

「わっ、ええ？　あの、何やってるんですか」

赤いスクーターだ。ヘルメットをつけた七星が驚いている。着地先がちょうど七星の配達バイクのすぐ前だったらしい。時間ぴったり、四十八分。

「とりあえず乗せて！　お願い！」

「これ１２５ＣＣなので、ふたり乗りは可能ですが、荷台があるからちょっと狭いと思いますよ」

「いいから！」

背後から怒号が聞こえる。

「なんか、誰か走ってきますね……？」と、七星はスクーターにまたがったまま後ろを振り向く。いたってのんびりしたものである。

未玖は七星の背中と荷台の間の隙間に、無理やり身体をねじ込むようにして叫んだ。

「さあ走って！　急いで！　捕まったらあんたも大変なことになるよ！」

七星が慌てたようにスクーターを急発進させたので、首が後ろにのけぞった。

見れば後ろからは、車とバイクが追いかけてきていた。男のバイクは配達のスクーターとは形も違う、いかにも速そうなタイプの大型で、黒い弾丸のような速度であっという間に距離を詰められる。改造したらしきマフラーの爆音がすぐ背後で聞こえた。だめだ、追いつかれる。七星を巻き込むのではなかった。こんなに早く気づかれるとは思っていなかったのだ。

後ろのバイクの爆音に負けぬよう声を張り上げた。

「七星さん、あんたを巻き込んじゃったのは間違いだった。ごめん、わたし降りる。あんたはとりあえず逃げて、振り向いちゃだめ、とにかく逃げて、なんか言われても何も知らないで通して！」

七星だけでも逃がそうと、走行中のスクーターから降りようとしたそのとき、黒い改造バイクの猛追がすぐ目の端に見えた。後ろの男は鉄パイプのような物を手にしている。

もうだめだ……と身を硬くした。

七星はアクセルの手を一瞬戻して身体を倒すと、ものすごい小回りのターンを決め、すっと脇道に入った。

「わたしが何年配達人をやっていると思っているのでしょう。天国宅配便の前にも、バイク便をやっていたのです。東京の道はわたしの道です。しっかりつかまってください！」

細い道をあみだくじみたいにいくつも走り抜ける。しかし二人乗りの配達のスクーターと改造バイクでは加速が違う。直線に入るたびに、獰猛な肉食獣のような排気音に距離を詰められる。視界は狭く、すべてが灰色になって後ろへ飛んでいく。高低差があったのか尻が一瞬宙に浮いた。そのまま七星は後輪を滑らせ、筆記体のℓみたいなターンを決めて裏路地に入った。

角をいくつか曲がって、ふいに七星が止まる。何か話しかけようと思ったら、七星に手で制止される。改造バイクの排気音に耳を澄ましているのだとわかった。未玖も耳を澄ましたが、あの野太い排気音はこちらから離れていくようだった。

また角を曲がって、ようやく逃げおおせたか、と思ったら、突然背後の道からもう一台の車が現れた。「車！　七星さん！　来てる！」「大丈夫です！」そうは言うものの、車が猛スピードで迫り来る。急角度で曲がって七星が向かう先を見れば団地、その駐車場に入れば行き止まりだ。

この距離の詰め方は、後ろからそのまま追突する気なんだとわかった。それでも七星は団地の駐車場の中へ入っていく。

背後で獣がうなり声をあげるようなアクセル音がひときわ大きくなった。袋小路という言葉があるが、まさにこの駐車場そのものだ。

スクーターを大きく左に傾けるようにして駐車場の角をすっと曲がったら――やはりそこは行き止まりだった。何もかもあきらめたように、スクーターのスピードが落ちていく。

終わった。行き止まり。口封じ。隠れる。どこへ。死。警察は。警察を呼ぼう。でももう間に合わない。ふたりとも撥ね飛ばされる。七星さんごめん。

　切れ切れの思考で、ただ七星の背中にしがみつく。

「もういいよ！　ごめん！　七星さんだけ逃げて！」

　未玖はもうほとんど泣いていた。

「ひとまず降りましょう」そう言うと、七星がスクーターを止め、押しながら、早足で駐車場の脇の細い隙間道に入っていく。未玖も駆け足で続いたら、そのまま団地の自転車置き場に抜けた。視線の先に、車止めのある出入口がある。車止めを抜けると同時に、スクーターにまたがった七星がこちらを見て頷いた。未玖も跳び乗るようにして後ろに乗る。

　角を曲がり、大通りに出ると、背後には誰もいない。七星はスクーターのスピードをぐっと上げた。

「七星さん、あの団地に来たことあったんですか」

「いえ。あの隙間に自転車のわだちができていたので、たぶん自転車なら抜けられる道なのだろうと」と事もなげに言う。

　ようやく追っ手をまいた七星が訊いてくる。

「あの……もしかして、さっきの方たちは、ブラック企業のパワハラ社員とかでしょうか。それだったら、警察に行かれたほうがいいと思いますよ。ちょっとブラックにもほどがあるような気が……」

声が心配げだ。

「うん。そうする。悪いけど、乗せていってくれる？」

しばらく走って七星がエンジンを止めると、道の向かいが警察署だった。十階建ての大きな建物で、中央に入口が見える。

「あの……頼んどいてなんなんだけど、ごめん。今、財布とか全部、会社に置いてきちゃった。これにかかったガソリン代とか、経費とか、必ず後から払うから、精算しておいて欲しい」

ええ、いつでも、と七星は頷く。

「でも、おひとりだといろいろ心細いですよね。よければ、相談にわたしもついていきましょうか。今、靴もないし、手とか足とか、ほっぺたとか、すごい擦り傷だらけだし、スカートも破れてるし……」

「いい、ひとりで行ける」と言い、未玖はブラウスの中から、一冊の漫画をひっぱり出した。しわを丁寧に伸ばす。

「これ、悪いけど天国宅配便で預かっておいて欲しい。大事な漫画だから。ちょっと後になるけど、いつか絶対に、天国宅配便に取りに行くから」

七星は、なんだかよくわからないようだったが、その漫画を手に取って、まぶしそうに見つめた。

「実はわたしも、子供の頃、犬神ケイ先生の漫画が大好きだったんです。依頼があったときは驚きました。配達人が個人的な感情を出したりしちゃだめなんですけど、犬神ケイ先生の人生最後の漫画、本当にうらやましくって。思わず『魔法少女☆マジカルサキ』も、一巻からまた買い直しちゃいましたよ」

「えっ、誰推し？」

「わたしはルカちゃん」

ふたりで見つめ合う。一瞬の間があった。

「〝勇気のサキ！　元気のユウ！　知識のルカ！〟」七星と未玖、ふたりの声がぴったり重なった。

「〝わたしたちは何度でも立ち上がる！〟」未玖はサキの、七星はルカの決めポーズをしている。

わあ、なつかしいなあ、と微笑む七星に礼を言って、未玖は裸足のまま、胸を張って歩き出した。

身体中擦り傷だらけ、節々が痛んで、スーツもストッキングもボロボロだ。

母にはこれから迷惑をかけることになる。自分が今まで積み上げてきたものは、全部なくなった。お金も、信用も、日常も。

それでも未玖は、頭の中で思い浮かべる。

――ありがとう未玖。わたしたち、ずっと友達だよ――

最後のページ、こちらにまっすぐ向けられた、サキの手を。

大丈夫。何度でも立ち上がってみせる。何度でも。

第卄話

孔雀石の母子像

さっぱりわからない。

なんでこの絵が文部科学大臣賞なのか。良さがひとつもわからない。ただ大きいというだけじゃないか。それらしい雰囲気のものをただ四角の中に描いてあるだけだ。

戸倉《とくら》勝義《かつよし》は、美術館のベンチに腰掛けながら、一枚の絵を苦々しく眺めていた。鼈甲《べっこう》の眼鏡を外して眉間をもむ。よく見つめれば何かわかるかも、と思えてくるが、それでもやっぱり何もわからなかった。右手で杖をかたく握りこむ。もし握っていなければ、その絵に向かって杖を振りかぶってしまう……とまでは、さすがにしないが、自分だけが読み取ることのできないメッセージをずっと見せつけられているようで、勝義はいらだちを募らせていた。

この展覧会は、一般の応募を受け付ける公募展で、絵画のみならず彫刻や書なども応募がある総合美術展だという。かなり規模の大きい展覧会で、会場には三千点近くも作品が集まっているらしい。そのため、展覧会を見に来る人たちも多い。それらの人々は、老いも若きも絵の前で少し立ち止まったり、連れと何か話し合ったり、近づいたり離れたり、何分も立ち止まってじっと絵を眺めたりしながら、会場の中に置かれたベンチでひとり座る勝義の前を通り過ぎていく。

勝義の目の前には、一枚の絵があった。その絵は大きく、畳二畳くらいはありそうな大作だった。勝義は絵のことなど何もわからなかったが、丁寧に絵の具を塗り込んでいることくらいはわかった。この絵にどのくらい時間をかけたのだろう。よっぽど暇だったのだろうか。絵の真ん中に赤子を抱く女性がいた。タイトルも、〝母子像〟だ。妙なのは後ろに緑色の変な岩が何個もあるということだ。その岩は柱のように大きく、光を反射して光っていて、母子を取り囲むようだった。その岩の表面にはうずのような不吉な模様がある。何でこの母子は変な岩に囲まれているのか、何でこの母親はこんなところに赤子を抱いて立っているのか、絵のタイトルの〝母子像〟からは、まったくわからないのも不親切だと思った。

そうだ。絵なんてものは、高尚なふりをした人間が高尚なふりをしながら描いて、それを高尚なふりをした審査員が、これだよこれ、なんてろくすっぽわかっていないのに評価しているに違いない。そんなものをありがたがって何が賞だ。

何もかもただの絵空事なんだよ、と勝義は思う。よく考えてみれば、〝絵空事〟にも〝絵〟という漢字が入っている。

まったくいまいましい——と思いつつ、勝義は母子像の絵から目をそらした。勝義は自分の傷んだ革靴の先を見る。ツイードのパンツはところどころ毛羽立っている。妻のマツがまだ生きていた頃には、いつも革靴を知らない間に磨いてくれていたし、傷む前に同じサイズを買い足してくれていた。その妻も三年前に亡くなった。それからはもう、あまり服を買うこともなくなった。

ふと、視線を感じて、勝義は顔を上げてそちらを見た。

目が合う。

向こうの青年も、あっ、というような顔をした。こちらも多分、そんな表情になっているだろう。

向こうは高校の制服を着ている。ブレザーは紺色、ネクタイは品のいいストライプで、いきがって着崩すことなく、きっちり着ている様子に好感が持てる。勝義が驚いたのは、その青年が、おとついも、昨日も来ていたからだ。そして、同じようにこの、賞を取った絵を見ていた。

線が細くて、つるつるした綺麗な顔立ちをしている。今時の子、という感じがする。高校生だから化粧まではしていないだろうが、色白で、軽く化粧してテレビに出る、きょうびのアイドルのようだとも思う。もし孫がいたら、こんな年頃だったろうか、と思いつつ、娘が結局、子を持てなかったという事実を思い出す。もう、娘のことは考えずにおこうと思った。自分にはもう、娘はいないのだ。

このご時世なので、向こうが男子高校生とはいえ、むやみに話しかけるべきでないのは勝義にもわかっていた。それでも、その男子高校生の表情にはこちらに対する好奇心が見え隠れしており、さすがにこの状況なら何か話しかけても許されそうだった。

「君、昨日もおとついもいたよな」

「ええ、おじいさんもですよね。絵、好きなんですか」

「いや。大嫌いだ」と言うと、その男子高校生は笑った。「ええ？　嫌いなものを、わざわざ何度も見に来るんですか」

とりあえず、ベンチに並んで腰掛ける。

「君はあれか、美術を勉強している学生さんか何かか」

「ええまあ。一応、美大を目指しています。一応」

〝一応〟を最後にまた付け加えて、ちょっと照れくさそうな笑みを浮かべる。

「勉強熱心ですばらしい」

「いえ、まあ、それもあるんですけど……ちょっと、会いたい人がいるんです。ここに来たら会えるかなって」

ははあ、と勝義は思う。この年頃だとすると、きっと女の子だ。この学生と同じく、絵の勉強をしている女の子なのだろう。偶然を装って、（あ、来てた？）なんて声をかけるのだ。

自分にも覚えがある――

とまで思って、もう完全に塞がったと思っていた心の古傷から、一気に思い出があふれ出した。

学生時代の勝義は図書館に籠もるのが日課だった。子供の頃から数学が好きで、数学者を目指していた。数学雑誌の懸賞を毎月解くのが趣味だった。何が面白いの？　とクラスメイトにはよく訊かれたが、数学はどんなパズルより面白かった。大学ではあたりまえのように数学科に進んだ。誰に強制されたり勉強させられたりすることもなく、自然に興味が数学へ向かっていた。自分は数学の神に呼ばれている、とさえ思っていた。

その日も勝義は図書館にいた。カナカナカナカナカナ……とひぐらしの聞こえる晩夏の窓辺で、ノートから目を上げた勝義は、はっとなる。水色のワンピースを着た女性が、本棚の前で本を探している。その棚は英米文学の棚で、女性が上のほうにある本を取ろうとして手をあげ、ほっそりとした腕の内側が見えた。その白さとなめらかさに、何か見てはいけないものを見ているような気がしながらも、もう目が離せなくなっていた。あんなに綺麗な肌を見たことがなかった。

それまで数学数学ばかりで過ごしてきた勝義に、突然、ある感情が舞い降りたのだった。

その女性は、何か調べ物をしているらしく、本を積んではノートに何か書きとめ、また本を戻しに行く。その様子を見ていると、胸が苦しくなってきた。こんなにも美しくて聡明な人がここにいると知られたら、誰かに先を越されてしまうかもしれない。いやもう誰かに先を越されてしまったか。

今まで美しい女を見たことはあれど、自分には関係のないものだと思っていた。今や数学の問題は頭に入らず、ちらちらとそちらばかり見てしまう。

その女性がまた本を手に取ろうとした。見つけたものの、一番上の棚にあるらしい。踏み台はどこに、と探しているようだ。

ここで何も言わなければ、一生後悔する。

勝義は、すべての勇気を振り絞って、その棚へ行った。何気なくという風に立ち止まって、「よろしければ、お取りしましょうか」と声をかけた。

一瞬、警戒した目をしたその女性は、勝義の直立不動、発表のときのような真面目くさった姿が面白かったのか、くすりと笑って、「ありがとうございます」と言った。その人は、声まで素敵だった。

「これですか」「ひとつ右の本です」本を取ってあげると、「背がお高くてうらやましいです」と言う。「いえ。電車などで不便します」と言うと、その女性がくすくす笑う。自分の背が高かったことに、これほど感謝した日はない。

その日はそのまま別れたが、それからも図書館でたびたび顔を合わせた。二言三言話すようになり、図書館のベンチで語らうようになり、いつしか待ち合わせをして、「勝義さん」「百合子《ゆりこ》さん」と呼び合うようになる。図書館の帰りに家まで送っていくようにもなるのだが、百合子の家が、ちょっと見たこともないような豪邸であることを知った。

それでも、名の知れた大学に籍を置いており、教授の覚えもめでたい勝義には、怖いものなど何も無かった。きっと自分は日本を代表する数学者になり、海外の賞——たとえばフィールズ賞など——の授賞式に、妻として、きっと百合子を連れていくのだと。

ところがそううまくはいかなかった。

百合子の両親は極めて保守的な考えを持っていた。数学者なんて成功するかどうかもわからない男に自分の娘はやれないと言う。必ず成果を上げるから待ってほしい、と言っても、待ってどうにもならなければどう責任を取る、と言う。しまいには、研究に専念できるよう、結局はうちの財産が目当てなのだろう、と言われた。

百合子は、どんな暮らしになってもあなたについていく、と言ってくれたが、周りの人からは、そんなものはお嬢様育ちの夢物語だと諭された。家事は全部お手伝いさんにやらせて、盛夏にはあたりまえに別荘へ避暑に行くような暮らしぶりだ。水仕事で指があかぎれになったこともなく、屋外作業で日焼けをしたこともない、実際の貧乏暮らしというのがどんなものか、彼女にはまだよくわかっていないのだ、と。

一方、勝義の家は貧乏とまではいかないが、それほど豊かなわけではない、一般的な中流家庭だ。実家の援助は期待できない。給料を手にできる身分になるまでにも長い道のりがあり、その給料もそう高くはないことはわかっている。一流の数学者になるまでは豊かな暮らしはできないだろうし、もし子供に恵まれたとしても、百合子の子供時代とは、まったく違った子育てになるだろう。子供にもみじめな思いをさせることになるかもしれない。一緒になることで、百合子の暮らしが、まるきり変わることは目に見えていた。勝義は、百合子の美しい肌が生活と金策に荒れていくことを思った。

そのうち、百合子に、それなりの男との縁談が持ち上がったと聞いた。

連れて逃げて欲しい、とは百合子も言わなかった。ただ、「待っています」とだけ言った。それでも勝義にはどうすることもできなかった。自分の才能を信じていたが、成功するかどうかはまだ誰にもわからない。自分でさえもわからなくなってきていた。

一年と経たず、百合子は親の決めた相手と結婚した。

その後、ほどなくして、百合子が精神的なものもあってか衰弱し、あっけなく流行性感冒で命を落としたと聞いた。そこからの記憶はとびとびになっている。ひとつだけわかることは、自分もあのとき死んだということだ。肉体的には生き長らえていたとしても、何を見てもガラス越しの景色のように思えた。

どうすればよかったのだろう。

あのときは百合子の幸せのため、辛くても身を引くのが男だと思った。それが結局は百合子の幸せになるのだと。何が間違っていたのだろう。最初から間違いだったのか？　あの日、図書館で声をかけずにいたら、百合子も身の丈に合った男とあたりまえに恋愛し、結婚して幸せに暮らして、今でもふくふくと長生きしていたかもしれない。

はっとなる。

会話の途中で黙り込んでしまっていた。それでも青年は隣で黙って、長々と脚を伸ばし、正面の絵をじっと眺めていた。沈黙でもなんら気にしない、この青年の気楽な雰囲気は嫌いではなかった。

「……それで、会いたい子には会えそうか」

「ま、たぶん会えると思います。今日はなんか、無理っぽいですけど」とあたりを見回して言う。

きっとこの青年も、その女の子に恋い焦がれているのだろう。そうでなければ、三日もこんなところには来ないはずだ。

「明日も来るのか。その子、来なかったらどうする」

「それでも来まーす」と軽い感じで言った。この美術館自体は火曜日定休で、展覧会は十一月三日から二十六日までの期間、開かれるという。

「美術を勉強している学生さんだったら、この絵のことだが――」と勝義は顎で前の絵をしゃくって指した。「この絵がナントカ賞だっていうけど、これのどこがいいんだ」

つい吐き捨てるように言ってしまい、青年が苦笑いする。

「この絵のどこがどうすごいんだろう。わたしには全然わからない。そのナントカ賞とやらを取るのは、そんなにすごいことなのか」

「そりゃそうですよ。三千点のなかから賞に選ばれた絵ですから。この展覧会も、十年前くらいかな？　一回新しくなってますけど、もう五十回以上開かれているらしいですよ。日本でも一番古くからあるんじゃないかな……」

ふん、と勝義は鼻から息を吐いた。

「権威はまあ、置いておいてだ、君が見てどう思う、この絵」

「赤ちゃんが可愛いです」

笑ってしまった。美大志望の学生だったら、もっと、小難しいことを言うのかと思っていた。それはそうだ、赤ちゃんは可愛い。たいてい可愛い。

「そんなんでいいのか。もっと、アートというものはどうたらこうたら、とかそういう、難しい話が出ると思っていたよ」

　青年は屈託なく笑っている。

「いいんですよ、絵は。興味が無かったら一秒見て、ふーんって通り過ぎてもいいんです。見る人の自由ですし。響かなかったらそれでいいんじゃないですかね」

　また、ふたり黙って絵を見る。

「明日も来るのか」

「ええ、そのつもりです。招待券が何枚かあるので……」

「そうか」と勝義は言った。明日はこの青年も、うまく思い人と会えたらいいのにな、と思った。

「おじいさんは来ますか」

　勝義は、ふうっと息をついた。

「もらったんだ、ただ券を十枚もな。十枚だぞ？　何を考えているのだろうな。こんなの一回見たら十分だろうとは思っている。何もわからないし。でも、ただ券をあげる人もいないし、捨てて無駄にするのも、なんだかもったいない。毎日暇でやることもない。そのチケットを持ってきた女がまあ、本当にしつこいんだ。この展覧会を見ろと言って聞かない。ぜんぜん帰ろうともしないから、困りに困ってなあ、〝わかったわかった、行けばいいんだろ、必ず行くから、いいかげん帰ってくれ〟と、とうとう言ってしまったんだ。その女は、〝見ればわかりますから〟とか、なんとか言っていたが……こんなもの、何もわかりやしないのに……」

　ぼやく勝義の脳裏に、灰色の制服を着た、ほっそりした女の顔が思い浮かぶ。あれはしつこい女だった。人生の中であんなにしつこい女は見たことがないくらいだった。ナントカ宅配便だと言っていたな。

「そんなことあるんですね。何だろう、宗教の勧誘とかですかね？　美術広め教団みたいな？　話を聞く限り、押し売りみたいですけど、ただ券をくれたのがよくわからない。ちなみにあと何枚ですか」と、青年はその話が面白かったらしく、興味深そうに訊いてきた。

「あと七枚だ。うんざりする」

　そうですか……と言ってその青年は黙る。視線が斜め上あたりで止まっていて、何事かを考えているようだった。

「よかったらですが、あと七日、学校帰りに僕も付き合いますよ。でも、せっかく美術展に来るのに、毎日毎日〝絵、大嫌いだなあ〟って思いながら来るのも、なんだかもったいない気もするので……。そうだ、こうしませんか。チケット七枚を使って見るうちに、絵の良さがわかれば僕の勝ちで、わからなかったらおじいさんの勝ちです」

青年が、なんだか面白いことを言い出した。

「悪いがその勝負はわたしの勝ちで決まりだぞ。絶対に絵なんてわからないからな。じゃあ、負けたほうはどうする」

「二階のサロンでケーキなど？」

「のった」

ふたりで笑う。その日はそれで帰った。人と話したのも、笑ったのも久しぶりだったせいか、心の中が妙にすっきりしている。

明日、青年と本当に会えるかどうかはわからないが、会えたらいいなと思った。その思い人がどんな女の子か、見てみたくもあった。

勝義が、美術館から帰って自宅の門を開けると、ギイッと嫌な音が鳴る。庭の、しだれ桜が黒いシルエットになって北風に揺れていた。勝義がひとり暮らしになって三年、勝義の帰りを出迎えてくれるのは、この桜くらいになってしまった。このしだれ桜は、春にはそれはそれは美しいが、毛虫も大量につくし、秋には葉も一斉に落ちる。花が綺麗なのはほんの数日、花が散ったらその花びらが道まで舞って、汚くなる前にこのあたりの道を掃除しなければならない。雪のようにはらはらと散るものだから、毎日毎日、箒を持って朝昼と掃き掃除の往復だ。勝義は庭にはあまり思い入れがなく、こんなにも手入れが大変なら桜を切って庭をコンクリで固めてしまうのが合理的だ、とも思うのだが、このしだれ桜は、妻のマツが特に好きで愛した木だったということもあって、今はしぶしぶ自分で世話をしている。

誰か散歩でもしているのか、どこかで犬の吠え声がした。この様子だと、今夜は寒くなりそうだった。


また次の日、同じ時間に勝義は地下鉄に乗った。

その美術館は、全面が有機的なガラス張りの曲面で構成されており、鉄骨がガラスの内と外へ網のように張り巡らされ、光が入るととても美しい陰影を描く。ただそこへ佇《たたず》んでいる人も絵になるように思う。勝義は今まで、美術館というものにまったく縁がなかったが、美術館に来る客が基本的にうるさく騒いだりもせず、こぎれいな格好をしていることに好感を抱いた。十一月の平日だからか、館内はほどよい混み具合だった。壁を見上げると、日の暮れる少し前の淡い階調に染まった空が、ガラス張りの向こうに見える。

昨日と同じく、二階の入口から美術展会場に入ると、ずらっと絵が並んでいる。何が描かれているのかわからないような、色を好きにぶちまけたようなものから、写真と見まがうほど写実的な絵まである。気味の悪いお化けのような絵もあるし、漫画の表現のようなものもあって、人の想像力は計り知れないな、と思う。絵ばかりではなく書のスペースもある。書となるともっと難解で、どれがいいのかはわからないが、墨の勢いなんかを見ていると、なんだかすごそうだなということはわかった。彫刻がまとめて置いてあるところもある。それらの間を杖をついて、ゆっくり歩きながら見物する。たまに膝を休めながら歩き、突き当たりを曲がる。

あの青年は、またベンチのところに座っていた。学生服で、長い脚を伸ばし、のんびりした様子で絵を見つめている。

「どうだい。今日は、待ち人は来ているか」

「〝待ち人〟って古風でいいですね。今日もまだみたいです」

「それは残念だな」

隣で、しばらく絵を眺めてみる。今日も絵のことなんて、やっぱりわからない。

この青年との昨日の賭けを思い出し、もしかして目の前の絵の講義などが始まるのかと思っていたが、青年はただ、静かに座っている。隣を見れば、彼は両手の指をうんと伸ばして、自分の指先を眺めていた。美しい指だ、と思う。何かの絵を描いていたのか、絵の具のあとが残っていた。

「絵を勉強していると言っていたけれど、将来は画家を目指しているのか」

「僕ですか。ええ、まあ……」と、歯切れの悪い返事をする。

「目指してます！　って昔は堂々と言えたんですけど、なんか、やっているうちに、だんだん自分の道が正しいのかどうかわからなくなってきて。正直、自分が画家になれるかどうかもわからないですし」

そうなのだ。

勝義は自然と、大学時代に出会った、ある印象的な男のことを思い出していた。編入学試験を経て入ってきた桐生一平《きりゅういっぺい》は、説明も下手で論理の組み立てもめちゃくちゃだった。なんというか、世間というものからすべてがズレた男だった。服もヨレヨレで髪はフケだらけ、いつも得体の知れない、何かの動物のような臭いをさせていた。食べた後には机がご飯粒や食べこぼしだらけで、ああ、あそこで桐生が食べたんだなとすぐにわかるくらいだった。

それでも、桐生は何もないところから問題を発見できる、突出した能力があった。なんというか、異様な動きで跳ねる虫のように、論理を何段階も飛躍させることができた。それは、努力でどうすることもできない領域の何かだった。

最初は、何もできないおかしな奴が入ってきたと見下していたが、勝義はいつしか、どうやっても自分が桐生には勝てないことを知る。

勝義は、もう二十代半ばで、自分が特別な存在ではなく、どこにでもいるその他大勢の側の人間だと気づいてしまった。いつか数学者になる、百合子を海外の授賞式に連れて行くと、かつて信じていたのは嘘ではなく本心だった。でも真剣に進めば進むほど、その道が険しいことがわかるものだ。真の才能というものが、どんなものかも。

勝義は大学院を出た後、予備校の講師となり日銭を稼ぎながら、破れかけた数学者への夢とプライドをつくろうようにして日々を過ごしていた。

「わたしもね、数学者になりたいと思っていたんだ」

「画家もそうですけど、数学者もまた狭き門だろうし、食べていくのは大変そうですね……」

青年はしみじみと言った。

「本当にそうだ。実家が太ければまだなんとかなるかもしれないが、そうでない人間は、とりあえず食うために働かなくちゃいけないだろ。その間にも、天才は人の三倍くらいの速度でどんどん先に進んでいくんだ。どれだけ努力しても、自分の人生一回分では、とても追いつけないのがわかってしまう」

「わかるー」

ふたりでため息をつく。

「でもまだ若いじゃないか。今からあきらめることはないかもしれないぞ」

「そうですかねえ。夢とか見ないほうが、正直、生きるのは楽かなとも思うんですよ」

弱気なことを言う。そういえば新聞などで、〝すぐにあきらめる、あきらめ世代の若者たち〟なるコラムを読んだことがある。

「まあ、わたしも数学者になるのは途中であきらめた口だが、結局は予備校で数学を教えることになったから、数学を学んで、すべてが無駄になったというわけではない」

すると青年が、感心したように言った。「おお、数学の先生。僕、数学ダメです」

「でも絵のほうへ進むんだったら数学は要らないだろ。代数幾何とか」

「僕の志望校、美大なんで実技が優先ですけど、共通テストの点数も要るんです。絵が日本一うまいとか、ずば抜けていたら試験の結果がどうでも受かるんですが、そうでなければ、ある程度の点数も要るので……」

「これも何かの縁だ、教えようか」

「まだ高一なんで、ちょっとあとで本当にお願いするかもです」

思わぬところで数学の話題が出てきた。勝義は、人に教えるのは嫌いではなかった。数学を教えることは、生徒の頭の中でもつれにもつれた糸の塊を、少しずつ解きほぐしていくような面白みがある。

それでもまあ、数学は問いの答えが、正答なのか誤答なのかはっきりとわかる。でも絵などの芸術分野は、どれが間違いで、どれが合っているかなんて誰が判断できるのだろう。現に、この賞を取った絵が、隣にずらっと並んだ他の絵と比べて特別どこかが良いとは、どうしても思えないのだ。もっと写真みたいに精緻な絵もあったし、思わず立ち止まってしまうような迫力のある絵もあった。

数学も数学で高度になると、絵画や音楽などの芸術に近づくようにも思えるが、この子の将来もまた、夢を追うのは大変かもしれないな、と思う。

それでも勝義は、この青年に、画家なんて絶対食えないからやめとけ、別の勉強をやったほうがいいとは言えなかった。

自分も、百合子の親たちから、数学者なんかで食っていけるものかと面と向かって言われたのだ。当時は、なんてことを言うのだろうとずいぶん憤慨したが、実のところその通りなのだった。現実は厳しい。広大な砂浜があるとして、数学者になれるのは、その砂のほんの一握り、いやひとつまみだ。才能だけじゃなくて、根気と財力、運も要る。あの風変わりな桐生は、後に数学者として大成して、「世界のＫＩＲＹＵ」となったが、あいつは（自分は数学者になれるだろうか……？）と悩んだことは一度もなさそうだった。奴にとってはすべての遊びが数学で、あいつは生まれついての数学者だった。

きっと夢は叶うから、あきらめずに頑張れ！　などと軽々しく言えるのは、ぬくぬくと生きてきて挫折ひとつ経験したこともない、お気楽な人間だろうと勝義は思う。

「あの」

青年は、生真面目な表情をしていた。少し言い出しづらく思っているようだった。

「後悔は、なかったですか。その……数学者の道をあきらめたときに」

これがただの興味本位の質問ならば、嫌な気持ちになったろう。それでもこの青年が、かつての自分と同じように、今まさに高みを目指している最中であることを思う。この世には、全力を出し切っても到達しえない高みがあることも、勝義にはわかっていた。画家と数学者、道は違えど、勝義にはこの青年が、同志のようにも思えていた。

勝義も、昨日までは夢をあきらめていなくて、今日からは夢をあきらめました、という、はっきりとした境があったわけではない。学生に教えたり、日々の生活に追われる中で、少しずつ数学への思いが変質していったのだ。

それでも、結局自分は、百合子も、数学者の道も、どちらも手に入れられなかったのだと、今さらのように思う。

虚しさにとらわれることなく生きてこられたのは、自分が働かなければ、とりあえず飢える妻と娘が目の前にいたからだ。押し寄せる日常の些末事《さまつじ》があったのは、幸いだったのかもしれない。

勝義はしばらく考えていたが、ゆっくりと口を開いた。

「もしも絶対に当たる占いめいたものがあって、数学者にはなれないと最初から言われていたとしても、じゃあ、もっとなれる確率の高い職業で、稼げそうなものを今から目指します、というようにはならなかっただろうな。やはりわたしは、数学が好きなんだ。一度しかない人生の中で、そういうものを見つけられたことはよかったと思う。たとえ世界的に有名な数学者にはなれなかったとしてもだ。ただ、後悔することがあるとしたら――」何気なく見た自分の五本の指に、いくつもの人生の分岐が重なったような気がした。誰にも選ばなかったほうの人生がある。結婚しないで実家で暮らし、ひとり数学の高みを目指し続ける。はたまた百合子と駆け落ちして、つましく暮らし数学者を目指す。早くから数学の道は捨ててもっと稼げる何かになる。百合子の後を追って、どこかから身を投げる……。

結局選んだのは、予備校の講師になり、見合いでマツという女性と一緒になって、家庭を築いた今の道だった。後悔がまったくないと言えば嘘になるだろうが、自分がやれるだけのことはやった。

「――後悔することがあるとしたら、今みたいに老いぼれるまで、こんなに早く人生の時間が過ぎるとは思っていなかったことだ」

実際そうだった。ひと月があっという間で、それが十二回過ぎるうちに一年が経ってしまう。自分が立ち止まっている間にも、ごうごうと音を立てて時の濁流が流れていくみたいだった。

そう言うと、青年は頷いて、じっと何かを考えこんでいるようだった。

その日も青年の隣でのんびりと絵を眺めたり、ぽつりぽつりと会話をしたりして帰った。

こういう日常も悪くない、と思った。


自宅の玄関に靴が一足しかなくなって、数年経つ。見合いで一緒になった妻のマツは、無口な女だった。自己主張することもなく、「勝義さんはどうしますか」と訊いて、答えたほうに「じゃあわたしもそうします」と何でも合わせるような、控えめな女だった。

リビングに、しだれ桜の下で写したマツの写真を飾ってある。写真を撮られることに慣れておらず、満開のしだれ桜という華やかな光景に、半分照れたような、困った顔で笑っている。この写真が、いちばんマツらしいと思った。

勝義は、二十代の半ばあたり、空ろな目をして毎日を過ごしていた。最愛の百合子を失ったときから、自分の人生は燃えかすのようだった。それでも研究には打ち込んだが、さしたる結果は何も得られなかった。世界で頭角を現す桐生の傍らで、焦りばかりを募らせていた。

数学者になる夢はあきらめても、数学の世界には触れていたかった。勝義は、大学院を離れると、つてがあった予備校で数学を教え始めた。三十代にさしかかるころ、親に言われるままに、少し年下の女と見合いをした。客観的に見て、家柄も釣り合う相手だった。最初マツを見たときには、太めで目が細く、いつでも笑っているような顔をしている女だと思った。肌の色は全体に浅黒く、たくましい腕をしていた。

百合子は読書家だったことから話題も豊富で、各国の歴史にも詳しかったために、ふたりで話していると卓球のラリーのように話題はつきなかったが、マツは何事にも控えめで、会話らしい会話は楽しめなかった。料理はうまく、上手に節約して家計を回し、共に生活するのには向いていた。娘がひとり生まれたが、子育ても丁寧で、マツは良き母となった。

それでも、何というか、マツの本音はたてまえに覆い隠されていて見えず、夫婦で一度の喧嘩すらしなかった。そんなマツに、勝義はある種の鈍重さを感じていた。まあ、鈍さというのも、共に生活をしていく上で、ある程度大事な要素ではないかとは思う。妻のマツを愛しているのかと問われれば、もちろん愛していると答えるが、それは百合子に感じた、燃えるような恋心ではない。〝家族として〟、また〝一家の父として〟愛していたのであって、限られた給料の中、家のことをよくやってくれたという感謝と、子供もよく手をかけて育て、妻として母として偉かったというねぎらいが混じった感情だった。

庭のしだれ桜の掃除がこんなに大変だったことも、マツの死後に初めて知った。愚痴をこぼすこともなく、家のことにもくもくと手を動かす女だった。

眠りにつきながら勝義は思う。ばあさん、あの細っこい女は、何を考えて十枚もチケットを持ってきたのだろうか。それにしても多すぎやしないか。ばあさんは今頃、美術館の様子を天から見て、いつものようにお茶を飲みながら、静かに笑っているだろうかな……。

次の日はあいにくの雨だった。傘をたたみ、入口にある専用の傘立てに置いて、板状の鍵を取る。雨の美術館は人が少なめで、ガラス張りの外側を雨が激しく打っていく。勝義はしばらく立って、この美術館の壁を何千、何億もの雨粒が打つ様子に見とれていた。同じように、ガラスの際に立って、外を眺めている人もいる。雨の音はこれだけ響いているのに、森の中で、滝を眺めているような静かな気分だった。勝義は、年を取るにつれ自分がせっかちになっていく自覚があった。歩きスマホで、通りをたらたら歩いている若者を見ると後ろから怒鳴りつけたくなるし、レジでもたもたする主婦にも舌打ちしたくなる。その勝義が、こんな風に目的もなく、雨にじっくり見入るのは久しぶりだった。

これほど天気の悪い日は、あの青年はいないかもしれない、と思った。もしいなくても、がっかりせずにはおこうと思ったが、展覧会の部屋に入り、いつもの場所に青年の後ろ姿を見たときにはほっとした。

「天気が悪かっただろう。今日はいないかと思ったよ」と声をかけると、「この美術館で雨が降るのを見るのが好きです」と言った。「雪の日もいいですよ」

しばらくたわいもないことを話して、また絵を眺める。さすがに毎日見ていれば見方も変わると思っていたが、やはりその絵からは何も伝わってこなかった。

「実は、父と揉めてるんです」

唐突に青年が言った。思わず青年を見たら、まっすぐに絵を眺めていた。

「どうして揉めてるんだ」

他人のプライバシーに立ち入る趣味はないが、不仲だった自分の娘のことを思い出して、つい、訊いてしまった。

「まあ……ありがちなことですよ。会いたい人がいるんですけど、父は会っちゃいけないと言う」

そうか、だから連日、ここで待ち伏せのようにして女の子を待っているというわけか、と腑に落ちた。女の子との関係は、親には伏せたいのだろう。育ちも良さそうなので、もしかして、電話なども監視されているのかもしれない。だから会う約束はできない。せめてここに来たら、女の子に会えるかもしれないという淡い期待を抱いているのだろうな、と思うと、その恋心を切なく思う。

ただ、親の反対する相手には、当事者にはわからないかもしれないが、たいてい何らかの事情があるものだ。年長者として、少し釘を刺しておこうと勝義は思った。

「まあ、親はな、子供が大事なんだ。恋だの、どうだの言って頭がぼんやりしているときには見えないことも、親には見えるから、心配なんだよ。大事な子供が粗末に扱われたり、無駄に苦労したりするのが目に見えているのに、当の本人にはわからないから、もどかしくてな。だから親は、自分の子にふさわしくない相手は、なるべく遠ざけようとするわけだ」

いつの間にか、自分の娘のことを思い出していた。わざわざ子供に無駄な苦労をさせたいという親はいない。勝義は知らず知らず、ため息をついていた。

「ふさわしくない、というのは」

「そりゃあ、ふさわしくない相手というのは、ギャンブルに狂っていたり、将来性がなかったり、すごく貧乏だったり、いろいろあるだろ」

「そうなんですか？　ギャンブルはどうかと思いますけど、貧乏でも幸せとか、あるんじゃないですか？」

馬鹿言え、と思う。この青年は若いからわからないらしい。霞でも食ってるならまだしも、生きるのには金がどうしたって要る。

「ない。貧乏でも幸せなんて、そんなものはありえないね」

「おお、言い切りましたね」

「世の中、結局金なんだよ。どんなに仲のいい夫婦でも、貧乏なら途端に喧嘩が増える。子供でもできたらもっとだ。金で解決できる問題は多い。世の中そんなもんだよ」

すると青年が、「まあ僕、彼女いないんですけどね」と言うからずっこける。

「なんだ。てっきり彼女の話だと思ったじゃないか」

「いませんよー」なんて言って笑っている。不思議な青年だ。

「じゃあ、会いたいっていうのは誰なんだ」

「うーん。うまくは言えないんですけど、もっと年上の人です」そう言ってまた絵を見る。

勝義は、この青年が待っている相手に、思いをめぐらせる。年上の人か……たとえば、美術の先生に片思いをしている？　年が離れているし、生徒という立場もあるから、なかなか言い出しづらくて、それで、ということなのだろうか。

「ところで、絵が嫌いっていうのに、何か理由があるんですか」と話題を変えるように、青年が訊いてきた。

「絵は不親切だからだ。この絵もそう、何を見たらいいんだ」また顎で母子像の絵をしゃくる。「この絵を真面目に鑑賞するとすれば、だ。最初の手順として、何からどう見たらいいのか、ちょっと解説してくれないか」

「絵の解説って難しいんですよ。合ってるかどうかはわかりませんよ。僕の見たところですから」

「合っているかどうかはいい。何でもいい、君の感想が欲しい。見るとっかかりにしたいんだ」

　青年は、しばらく考えていて、よし、というようにひとつ頷いた。

「この絵の中には、中央に赤ちゃんを抱く母親がいて、その周りは大きな緑色の岩に囲まれています。それらは静かながらも明るい光でまとめられ、絵全体からは温かな眼差しを感じます。この緑色の岩は、実在する風景ではないと思われます。何らかの心象風景だろうと。それでも足場の不安定さは感じず、しっかりと地面に根を下ろしている岩に囲まれ、母子は安心したように笑みを浮かべています。見ていると、この母子を見守る画家の視線を感じることができます。この絵は、家族の肖像であり、親子の間の愛情、家族愛を描いたものではないでしょうか」

　青年は、真面目に締めくくった。

　この絵の事情を知らない青年には悪いが、それが全部まやかしなのを勝義は知っている。ここには親子の愛情なんて描かれていない。全部が嘘の絵空事だ。

「うん、ありがとう。なるほど」

　勝義が、〝なるほど〟とは一ミリも思っていないのは、表情に出ていたかもしれない。

「嫌いな絵なのに、この絵にずいぶんこだわりますね」と、青年が訊いてきた。

「嫌いだから目が離せないということもあるだろ」

「そうですか……。この絵のお母さん、すごくいい表情をしていると思うんですが」

勝義は、また正面の絵を見上げた。

この絵の母親のモデルは、娘の春奈《はるな》だ。

特徴のある濃い眉、薄く微笑みを浮かべた唇、卵形の顔、どこからどう見てもよく娘の特徴を写し取っていたし、華奢な肩から腕の様子も娘そのものだった。家を出てから、春奈も年を取ったんだなとわかるくらい、その絵は精緻に描かれていた。

大事に育ててきた娘だった。たいして売れてもいない、ヘボな絵描きと恋仲になり、さんざん反対したがそのまま駆け落ちしてしまった。書き置きを残して家を出たのだ。

それきり、もう娘はいないものとして扱っている。勝義の中で、娘はもう死んだのだ。

手紙は全部読まずに捨て、家に来たときにも会わずに追い返した。警察を呼んだこともある。警察が、「お父さん、いろいろあるでしょうが、娘さんのこと、許してやるわけにはいきませんかね……」と言ってきたが、怒鳴りつけるようにしてお帰りいただいた。見かねた近所の人が、「娘さん、この寒いのに三時間も外で待ってたんですよ、少しだけ、話くらい聞いてやったらどうでしょう」などと言ってきたが、「放っておいてください！　あんたには何も関係ないでしょうが！」と言い、それから十数年、挨拶ひとつしていない。マツはそれをとがめるでもなく、諭すでもなく、ただ哀しそうな顔をして、何も言わずに黙って隣にいた。

この絵で一番許せないのは——春奈が絵の中で、赤ん坊を抱いていることだった。どんな思いで、モデルの春奈に赤ん坊なんて抱かせたのだろう。この絵の作者は、ほかでもない、結婚を猛反対したあのヘボな絵描きの日向令《ひゅうがれい》だ。勝義は杖を強く握る。赤ん坊を抱いていたら絵的に映えるからか？　借りてきた赤ん坊だろうか。だとしたら、よくもそんな残酷なことが、と思う。

幼いころの春奈の夢は「しあわせなお母さんになること」だった。当時の勝義は、子供の夢ならもっと他にあるだろう、と思った。宇宙飛行士とか、アナウンサーとか、科学者とか。子供なのに夢を「お母さん」だなんて、と思って、マツにぼやいたことがある。するとマツは「将来の夢は、職業しか認められませんか」と静かに訊いてきた。マツのほうから問いかけてくるのは珍しかったので、よく覚えている。「そりゃそうだ、今から邁進すれば医者だって何にだってなれるかもしれないのに、それを——」母親だなんて、と言いかけて、マツが母親であり専業主婦であることを思い、口をつぐんだ。言えば、マツの生き方を真っ向から否定することになってしまう。

春奈も思春期になれば変わるだろうと思っていたら、やはり依然として夢は「しあわせなお母さんになること」だった。子供は男の子、女の子のふたりで、大好きな人と暮らして、手作りのお菓子を作って、お休みの日にはみんなでドライブに行って、と内容が具体的になった。一応、商業高校に進み、手に職だけはと思ったが、高校でも変わらず夢は「しあわせなお母さんになること」だった。

勝義は養子を否定しない。世の中にはそういう選択をする人もいるだろうと思っている。しかし自分の娘、春奈となると話は別だ。春奈は、「しあわせなお母さんになること」がたったひとつの望みだったのに、あの日向では、その願いすら叶えることができないではないか。あいつは、日向令は、大人になってから大病をし、子供が望めない身体だということは最初から聞いていた。病気になったことは奴のせいではないし、先にそのことを話す気になったのは誠実なのかもしれない。それでも、金もない、家もない、実家の支援もない、仕事も成功するかどうかわからないヘボの絵描き、日向は春奈の夢を何ひとつ叶えてやれない相手だった。今は恋愛感情が目を曇らせているが、娘の春奈はこの先絶対に要らぬ苦労をするし、幸せになんてなれるはずがないと思った。

気づけば、人の流れは途切れていた。

「この絵のモデルはわたしの娘だよ。もう家を出てしまって、絶縁して一度も会っていない。

この美術展のチケットは、なんと亡くなった妻が送ってきたものだった。天国ナントカ便とかいう、遺品専門の宅配便を使ってな。手紙には、〝どうか日向令さんの絵を見てあげてください〟だと。もう三年も前に亡くなっているのに、いきなり妻からの手紙が来てたまげたよ。何事かとね。

　どうやら、妻はなんでか、生前、その宅配便にあらかじめ手紙を託しておいたらしい。日向が何らかの絵の賞を取ったら、その展覧会のチケットをわたしに十枚送るように依頼があったと、その宅配便の女が言っていた」

　青年はしばらく黙っていたが、口を開いた。

「やっぱり、このモデルになった娘さんのこと、まだ許せなかったりしますか」

　青年が、まっすぐにこちらを見ている。

「あたりまえだ。これからも許す気はない」と言い切った後で、勝義は絵から目をそらした。

「娘から来る手紙も読まずに全部捨てている。家に来たら追い返して会わなかった。家の前から帰らないので警察を呼んだことだってある。もう絶対に許す気はないし、今だって許していない。でも」勝義は息を整える。動悸が激しい。あちこちガタが来ている身体で、この絵の前に来るのは負担だった。それでもこの絵の前から離れることができない。大嫌いなはずの絵なのに、どうしてか目を離せない。「この絵を見ているとわからなくなってくる。娘の人生は、今、幸せなのかと……」

「まあまあ幸せなんじゃないですか」

その青年がいきなり言い出し、何も知らないくせにずいぶん適当なことを言うんだなと、勝義は嫌な気分になった。

青年は、長い指を伸ばしていた。その指には今日も絵の具がうっすらと付いている。その青年が不意に向き直って、正面からこちらを見据えた。この目を知っている気がする。青年はしばらく何も言わずに瞬《まばた》きだけを繰り返していたが、緊張した面持ちで口を開いた。

「僕、嘘ついてました。すみません」

青年が、頭を下げる。

「天国宅配便の手紙を僕ももらって、ここに来たら、会えるかなって。僕の父は日向令、この絵の作者で、母は日向春奈、この絵のモデルです。というわけで、僕は、血のつながったあなたの孫です、名前は日向秋彦《あきひこ》」

はっと青年の——秋彦の顔を見つめる。

秋彦の顔に、娘の面影がぴったりと重なった。

「いや待て、そんなことがあるはずはないだろう。娘があいつと、子供なんて……しかも、血のつながった子供なんて……そんなはずは……そんなはずは——」

子供だと？　血のつながった子供？

「えっとですね……。ＡＩＤ、非配偶者間人工授精っていうんですけど、日本の医療機関でＡＩＤを受ける場合、提供者であるドナーって通常、匿名の誰かになるのが条件なんだそうです。それだと父親がわからなくなっちゃうので、うちの家族の場合は、つてのあった外国に渡って人工授精をしたそうです。ドナーは父の兄に頼んで。だから戸籍上では父が父ですけど、生物学的には、伯父が僕の父ということになります」

秋彦があっさりと言うので、目が回りそうになった。勝義は強く眉間をおさえる。

なんということだ。

外国で施術を？　この青年はいったい何を言っているのだ。

「気――」言いかけてやめた。

「気持ちが、悪い？」秋彦の言葉が図星で慌てる。

「そ、そんなことはないが、そんなものは、自然の摂理に反しているっ！」

言いようのない嫌悪感に、勝義は総毛立っていた。そんな、いくらなんでも、兄から子種をもらうなんて……。

秋彦はうっすら笑った。

「母さんに聞いてた通りだ。頭カチカチだって。僕、頑固なところがおじいちゃんそっくりってよく言われました。自然の摂理とかは、正直よくわかんないですね。僕はこの家族しか知らないし。でも、父さんと母さんが望んで僕が生まれたんだから、僕にとってふたりはフツーの父さんと母さんですよ。伯父さんはあくまで伯父さんだし」

秋彦はあっけらかんとしているが、勝義はもう、冷や汗が背中を伝い、何も言えなかった。眼鏡を外して、ハンカチで顔をぐるりと拭いた。

「僕、ずっとおじいちゃんの顔だけでも見てみたくて。初日に見てすぐにおじいちゃんだってわかりましたけど、声をかけられずにいました。二日目も。でも三日目になって、やっぱり声をかけてみようと思って……あんまりにもおじいちゃんの顔が寂しそうだったから」

心の中を盗み見られていたようで、頭にカッと血が上った。

「両親からは、僕が直接おじいちゃんに会いに行くことを、きつく止められていたんです。絶対に話がこじれるからって。おまえはやらなくちゃならないことはやらなくて、やらなくてもいいことは率先してやると」

「じゃあ、ずっと言っていた会いたい人っていうのは」

「もちろん、僕のおじいちゃん」

少し前、秋彦は重大な事実をさらっと口に出していた。

「さっき、天国宅配便から、手紙をもらったと言っていたな」

「ああ。マツおばあちゃんからもらいました」

「会ってたのか！」

つい大きな声を出してしまい、鑑賞していた人がびっくりしたような顔をして振り返った。

「え、普通におばあちゃんとは会ってましたよ、僕も母も」

あいつめ、俺には何にも話さないで……！　杖を持つ手が、ぶるぶる怒りで震えた。なんという裏切りだ。

「おばあちゃんのこと、怒らないであげてくださいよ、おじいちゃん」

「うるさい！」

「おじいちゃんに話すには、話すべきときがちゃんとあるんだって、おばあちゃんは言ってました。今は、おじいちゃんは意固地になって何の話もできないからって。話すべきときがくるとすれば、父の絵が受賞するときだと」

「オイ待て、ちょっと待て、なんでうちのと、勝手にそんな話になっているんだ。なんでそんなことを勝手に決めつけるんだ。お前らにわたしの何がわかるって言うんだ！」

秋彦は、しばらくためらっていたが、ちらっとこちらの顔色を窺うようにして言った。

「だって、もしも娘夫婦のことを許してしまったら、おじいちゃんは、許せなくなるだろうからって。その……昔のこととかを」

息が上がる。

「昔のことだと？　何だ、言ってみろ、何を知っている！」

秋彦はしばらく言いよどんでいたが、ようやく口を開いた。

「その……、おじいちゃんが、昔、百合子さんという人と結ばれずに終わったこととかが、いっそう辛くなるだろうからって」

秋彦の口から、百合子の名前が出て、思わず叫んでしまいそうになったがこらえた。妻のマツは何も知らないで、嫁いできたはずだった。そんなことを一言たりともあいつは言わなかった。

「な、なんで、なんでマツが百合子のことを知っているんだ。あいつは何も知らないはずだ。わたしは何も言ってないぞ、誰から聞いたんだ。誰から！」

しばらく秋彦はこちらの顔をじっと見つめていた。

「知らなかったんですか。おばあちゃんは、おじいちゃんのことが昔から大好きだったんですよ。ずっと町中や図書館で陰から見つめていたって言っていました。おじいちゃんは、背が高くて知的でハンサムで目がきりっとして、それはもう、とても素敵だったって。おばあちゃんは目立たないから、ちっともおじいちゃんの視界に入っていないようだったけれど、おじいちゃんが百合子さんとだんだん仲良くなるのは、見ていてすごく辛かったそうです。

それでも、じっと待って、あきらめずに粘って待ち続けて、機を見てようやくお嫁に」

「そんなこと、あいつは何も言わなかったぞ！」

「言えませんって」

ハアハア息が上がる。血圧が急に上がって、もうろうとしてくる。ぱたんと杖が倒れたのを、秋彦が拾ってくれた。

「おじいちゃん、ちょっと、大丈夫ですか、息とか」

「それでも、なんでマツはわたしに隠しておいたんだ。言えばいいじゃないか！　裏切り者め！　ひどいじゃないか、わたしには何も言わず、陰でこそこそと」

そういえば、マツは娘夫婦のことには一度も触れなかった。会ってやってくださいとも言わなかった。娘を冷たく追い返す、自分の態度をいさめたりということもなかった。

秋彦は静かな口調で言う。

「お金もなくて、実績もなくて、成功するかどうかもわからなくて、子供も持てない男が娘をさらっていって、幸せに暮らしている姿を、おじいちゃんは絶対に許さないだろうと。だって、おじいちゃんは、昔、同じように自分がお金もなくて、実績もなくて、成功するかどうかもわからない状態だったから、百合子さんの幸せを思って、ものすごく辛い思いをして、自分から身を引いたんだからって。

そんなことがあったから、娘夫婦が幸せでも、不幸せでも、どっちにしてもおじいちゃんは許せない。だからおじいちゃんは、まわりがどんなに説得しようとも、娘夫婦には絶対に会わないだろうって言ってました。会うまでは、娘夫婦が幸せか幸せじゃないかの状態は両方、重なって存在しうる。幸せかどうかが確定していないから、おじいちゃんは娘夫婦に会わないことで自分を保っているんだ、過去に蓋をし続けることができるんだって、おばあちゃんはそう言ってました」

腰が砕ける。なんでそんな話になっているのか。

なんでマツが物理学的実在の思考実験みたいなことを言っているのか。

そもそもマツはすべてを知っていたというのか。知りながら、何十年も隣でずっと黙っていたのか。

ばあさん……。

冷や汗を垂らしながら、勝義は思う。

そうだ。

百合子の幸せを願っていたことに嘘はない。しかし本当は――百合子をさらっていかなかったのは、自分に数学者として成功する自信がなかったからだ。失敗して、貧乏暮らしの中で、百合子を失望させるかもしれないと思うと怖かった。百合子は「待っています」と言っていたのに、自分は迎えに行かなかった。一緒に逃げようと言えば、百合子を連れていけたかもしれないのに。

自分は逃げたのだ。百合子からも、自分の未来からも。

いつまでも意地を張っていないで、娘夫婦にそろそろ会ったらどうかと助言してくれた友人もいたが、それでも勝義は許せなかった。その場で友人を追い返して遠ざけた。不用意に娘夫婦のことを話題にする人間は全員縁を切ってきた。この全身の血が煮えたぎるような怒りの根っこがどこにあるかは自分でもわからなかった。娘夫婦のことを考えると、なぜだか怒りが抑えられなくなった。

それは、いつかの自分に対する怒りではなかったか。

マツは、静かに隣でお茶をすすりながら、この状況を冷静に分析していたというのか。

「天国宅配便のお姉さんが言ってました。依頼のとき、〝でも、もしもですが……万が一、日向さんが、残念ながら賞をお取りにならなかった場合は、いかがいたしましょうか〟と、おばあちゃんに訊いたんだそうです。そうしたら、おばあちゃんは、〝令さんが賞を取るほうに、わたしはこの人生を賭けましょう。これでも勝負事には強いんですよ。初恋の人もあきらめませんでしたからね〟って。おばあちゃんは、絵のことはよくわからなかったみたいですが、父の絵の才能と執念を信じていたみたいです」

そんなことをあの無口なマツが言ったのかと思う。あの自己主張ひとつしないマツが。

「おばあちゃんは、〝もしも日本一の賞が取れるくらい、令さんが頑張った姿を見せられたなら、そのときはじめて、あのおじいちゃんも納得するだろう〟と。〝自分の目が黒いうちにその姿が見られないようなのは残念だけどね〟って言っていました。それでも、天国宅配便に頼んでいたのはさすがだな、おばあちゃん、って思います。息子の自分が言うのも何ですけど、父は絵を頑張ってました。本当に。おばあちゃんがそこまで信じてくれたっていうのも大きかったと思います」

ひとつ頷いて、秋彦は付け加える。

「ま、そんなに金持ちでもないし、今もどっちかっていうと貧乏寄りですけど、親子三人、楽しくやってます。父と母は自宅で絵画教室を開いてて、水彩とか、絵手紙とか教えたりしてます。夏休みのこども絵画教室とか本当に大変で、僕も毎年手伝ってます」

日向令は、一家の主としてしっかり生活をする傍ら、自分の才能と可能性を信じて、それを磨き続けたというわけか。

美術の世界で成功するのは、数学者となって成功するのと、確率的にはどのくらい近いものなのだろうか。

それでもあいつはあきらめなかった。

今まで、勝義は妻子を養うためには働かなくてはならず、日常の些末事に流されて自分は研究から離れざるを得なかったのだと思っていた。そうではない。逆だ。マツと春奈がいたから、夢を手放したあとでも自らの人生を直視することなく生きてこられたのだ。

結婚してから子が生まれ、怒涛《どとう》のように過ぎ去っていった記憶が一気に甦《よみが》える。マツがどのくらい自分のことを大切に思ってくれていたかを、マツを喪《うしな》ってようやく知る。過去のことに一言も触れなかったのも思いやりからだ。いつでも、黙って静かにお茶を飲みながら、そばにいてくれた。

勝義はもう何も言えなかったが、ひとつ気になることがあった。

「チケットが十枚だったのはなぜだ。知っているか」

「おばあちゃんは、おじいちゃんのことがずっと大好きだったから、おじいちゃんの性格を知り尽くしていたみたいです。こうやって、チケットを渡せば必ず絵を見に行くと。それも、わからないものを、わからないままに済ませておくのが嫌な性分だから、あの人は必ずわかるまで絵を見るだろうと。それには十枚でも足りないかもしれないけれど、おじいちゃんのために送ると、手紙にはありました。僕がその場に行くようにという指示はなかったんですけど、おばあちゃんは、僕がおじいちゃんに会えるようにと、僕のところにも十枚チケットをくれたんだと思います」

ばあさんよ。

妻としては最上の女だが、どこか鈍い女だと思ってお前を見くびっていた。決してそんなことはなかったのだな。

勝義は深く頭を垂れる。

「孫か……ということは、この絵の赤ん坊は君か」

絵を見上げた。

「その通りです。可愛いでしょう？」と隣で言うので笑ってしまった。

この絵を、ひと目でもいいから、マツにも見せてやりたかった。今、隣で見ていられたら、どれだけよかっただろう。

マツは、もうこの世にはいない。それでも、天国宅配便の力を借りて、この絵の前に自分を連れてきた。

秋彦が、絵を指さす。

「ちなみに、この絵の母子は、真正面を向いていませんよね。この絵は、昔の記念写真をもとに描かれた絵ですが、元の写真ではカメラの方、正面をまっすぐ向いていました。この絵はわざと、少し斜めから描いて、視線を外してあるんです。なぜだかわかりますか」

「そんなのわかるもんか」と勝義は言う。

「この母子は、今、こちら側にいる誰かを見ているんですよ。よく見てください。周りの緑の岩を」

何がわかるというのだ。この絵は毎日嫌というほど見続けてきた。今さら何かが見えるはずがない。

緑の岩の柱に、何かが反射して映り込んでいる。

ただの模様だと思っていたが、確かに何かが――

単に、何かの影が映り込んでいるのかと思っていた。

「あっ」勝義は声を上げた。

横顔が向き合った壺のだまし絵のように、一度横顔が見えると、それはまったく違う絵に見えてくる。元の壺は見えなくなる……。

緑の岩に反射した影は、ふたつ並んでいた。背の高いシルエットと、隣に背の低いずんぐりしたシルエットだ。一度、輪郭をつかむと、その緑の岩に映り込んでいるものが何であるかは、はっきりとわかった。

満開の、しだれ桜のシルエット――これは、自宅だ。

その下にいる、自分とマツ、影の中にも表情が見えてくる。

この絵には、娘と孫、そしてそれを笑顔で迎え入れる自分と、妻のマツが描かれている。

そしてそれを描いた画家の目、春の日にみんながそろって、一枚のこの絵の中にいる。

しばらく何も言えず、勝義は、ただこの絵を見つめていた。

心なしか、さっきよりも娘の顔が微笑んでいるようにも見える。

「ちなみに、背景に書き込まれた孔雀《くじゃく》石は、再会にまつわる石だそうです。以上、美術をかじる僕からの、ひとくちメモでした」

勝義はしばらく目を閉じて、黙っていた。

「明日は来るのか」

「僕ですか？　おじいちゃんが来るなら僕も来ます」

「明日は、令さんと春奈も、一緒に誘うがいい」

そう言うと、秋彦は本当に嬉しそうな顔になった。

「父も母も喜びます。ありがとう、おじいちゃん」

「……ケーキだ。約束通り、二階のサロンでケーキをおごらなければならないからな」

秋彦と、目を見合わせて笑う。

「あと、数学の問題集を持ってくるんだな、どこでつまずいているのか見なければ」と言うと、秋彦は途端に、うへえ、という顔になった。「えー、そのうち持ってきます、そのうちね」

美術館の帰りに花でも買おうか、と勝義は思う。

ばあさんの写真の前に飾ろう。

もう一度、勝義は目の前の絵を見上げる。満開のしだれ桜の中、娘は静かに微笑んで、腕の中の赤ん坊を見せていた。

エピローグ

天国宅配便での依頼の受け付けは、社長と七星のふたりで相手の家に出向くこともあれば、病室や、老人介護施設に向かうこともある。

今日の依頼人は、こちらの事務所まで来るということだったので、換気をしつつ、七星は応接室をきちんと掃除した。お茶菓子もお茶もきちんとそろっているかどうか、チェックする。

掃除を終えて、応接室の真ん中で手を腰に当て、七星が、よし、と頷こうとしたとき。棚の上で視線が止まった。それは神棚のように、応接室の天井近くに設置された棚で、その上には、手作りの陶芸の皿、熊の人形に花瓶、昔の紙幣、金属の箱など、縁があって天国宅配便にやって来た、様々なものたちが置かれている。それらはどれも、天国宅配便の歴史であり、大切な品々だった。

あれ……?

一番左にある、造花の白いコチョウランが傾いている。このランは、過去の依頼人が手作りしていた花だった。色合いも見事で、本物とほとんど見分けがつかないくらい、精巧にできている。いつも綺麗に咲いているのだが、たまに風のせいかバランスのせいか、花瓶から、だらんと傾いてしまうことがある。

依頼人は口数の多い、気のいい年配の女性だった。自宅で依頼を受けて七星が帰るとき、「ほら見て、空が暗いわ、帰りに雨が降るんじゃないかしら」「あなたバイクなんて危ないから車で迎えを頼んだら」「女の子なのに転んだら大変よ」とさんざん心配して、雨に降られて七星が風邪を引かないようにと、山ほど新品のタオルを風呂敷に包んで持たせてくれた。

応接室の棚の話になったとき、もしもできるならば、この花も天国宅配便の棚の隅っこに置いてくれないかしら、ということで、このコチョウランの造花をもらったのだった。

このコチョウランが傾くときは、心配性だったその人が、（くれぐれも、くれぐれも気を付けてね）と言っているように感じられて、七星もさりげなく気にしていた。今まで、毎回ではないが、この花が傾いた日には、なぜか配達の帰りに、ものすごい渋滞に巻き込まれたり、あたり一帯が暴風雨で停電になったりするというような、予想外の何かが起きることがあった。たぶんそれは、ただの偶然の一致にすぎないのだろうが、気を引き締めておこうと思う。

脚立《きゃたつ》に乗って、七星は、花の向きをきちんとまっすぐにした。

わかりました。気を付けますねと、心の中でつぶやきながら。

約束の時間から五分遅れてやってきた、依頼人の島江乃恵瑠《しまえのえる》に挨拶をしながら、七星は内心、たぶんこの依頼は揉めることになるのだろうな、と直感した。視界の隅を、あのコチョウランの白がかすめる。

　乃恵瑠は明るく染めて毛先がパサパサになった髪を指先でもてあそびながら話をする。ミニスカートの足を組んで、半分脱げかけたヒール靴をつま先に引っかけるようにして、カパカパ揺らすのが癖のようだった。化粧は濃いが、さっきまでひどく泣いていたのか、塗り直した跡がよれていた。声も鼻声だ。

　年齢は三十五歳。二年付き合った後、先々月別れた恋人に贈り物をということで、依頼の申し込みを受けていた。話をするうちに、だんだんと乃恵瑠の声が涙声になり、何か思い出したのかひっくひっくとしゃくり上げたり、書類を確認しようとしたら急に「書類なんて別にどうでもいいでしょ！」と怒り出したり、「わたしは死ぬの。もうこの世に何の未練もないから」などと虚ろな目でつぶやいたりして、感情の起伏が嵐の海のようだ。

「すみませんが……このご依頼はお受けできません」と社長が申し訳なさそうに言うなり、「ちょっと何でよ！」「どうしてよ、なんでわたしの依頼は受けてくんないの！」「金は出すって言ってんじゃん！　持ってきてるから見てよほら！」と立て続けに金切り声で叫ばれ、七星の気が重くなった。

（だって、このご依頼を受けてしまったら、あなたはご自分でお亡くなりになるつもりなんでしょう？）とはとても訊けない。

社長が、恐る恐る訊く。

「あの……お相手の方には、実際にお会いになっていたということではないのですよね？」

「それでも！　心が通じ合っていたの！　大好きだよ、愛してるって何回も言われてたし！」

社長の白戸は、インターネット界隈については疎いらしく、乃恵瑠が涙ながらに語る話に、どうも理解が追いついていないようだった。

七星が社長に横から、動画配信者を応援するために、ネットを介して、〝投げ銭〟という形で、お金を送れるのだということを説明する。

「アイドルと、ファンみたいな？」

「はい。応援していると、お名前を呼んでくれたり、覚えてくれたりもするそうです」

目の前では、またひっくひっくと乃恵瑠がしゃくり上げている。聞くところによると、乃恵瑠はライバルと張り合うように、一度に一万円や五万円など高額なお金を何度も何度も配信者に送り続けたのだという。額が大きいほど、派手なアニメーションの演出が出たりして、いくら投げ銭したのかが、周りの人にもわかるようになっている。そうなると、わたしはこの中の誰よりもあなたのファンですよ、一番あなたを応援しているのはわたしですよと、自己主張したくなるのが人情というものだろう。

　乃恵瑠は何度も高額な投げ銭をしていたことによって、めでたくその有名配信者に、乃恵瑠が力のあるファンだと認知された。ＳＮＳでも秘密のやりとりをしたり、直接通話したりするなど、一般の視聴者より、明らかな特別扱いを受けていたという。聞けば、投げ銭をすればするほど、配信者も知名度が上がり、活躍の場も広がるのだとか。自分がその配信者の、一番の有力ファンであることに、乃恵瑠は誇りと生きがいを感じていたのだが……。

　ある日、その配信者が結婚したということを知った。自分と仲良く話している間も、愛してるなんて言われている間も、その配信者は他の誰かと交際していたらしい。乃恵瑠のほうは、コツコツ貯めていた貯金をすべて使い果たしてしまったあとだ。返金を求めたところで、返ってくるはずもない。乃恵瑠は納得がいかず、執拗にその配信者にメッセージを送り続け、妻と暮らす新居にも突撃を試みて、ついには警察沙汰となり、ストーカー規制法によるつきまとい行為への禁止命令が出てしまった。

　乃恵瑠の気持ちもわからないではない。やりとりを見せてもらったが、傍から見ても、乃恵瑠が恋に落ちてもおかしくないと思うほどに、相手の文章は恋人に送るような文章そのものだった。大好きな相手からだったら、これほど嬉しい内容はないだろう。

あれほど応援していて、好きだった相手なのに、リアルでは別の結婚相手がいて、それも中学の頃からずっと交際が続いていた相手だというのも辛い。大好きだよ、愛しているよと調子のいいメッセージを送っておきながら、恋人との交際はずっと続いていたのだし、男同士で旅行に行ったというのも実は嘘で、その実、恋人との旅行だったことも明らかになったのだった。

乃恵瑠が夕食や昼食を抜いたり、持っていた小物をちまちま売ったりして、無理して捻出し続けたお金で、当の配信者は恋人と豪遊していたことも明らかになった。新居である豪邸の写真も見た。乃恵瑠は許せない。愛していると何度も言われていた。本来ならば、新居にいるのは自分のはずなのにどうして。

リアルで会ったこともない相手に、大金を貢いで馬鹿だな、とは七星には思えなかった。乃恵瑠は本当にその配信者のことが好きだったのだ。その人の喜ぶ顔が見たくて、応援し続けた。その気持ちに嘘はない。

とはいえ、費やした歳月も、すっかり空になってしまった銀行口座も、もう戻らない。人に夢を見させるような調子のいいことを言って、七星は相手をひどい男だと思う反面、これだけ夢中にさせることができるのは、ある種の才能だなとも思うのだった。

乃恵瑠には個人的に同情できるとはいえ、天国宅配便が、その依頼を受けるわけにはいかなかった。乃恵瑠には禁止命令が出ているので、その配信者には直接近づけない。代わりに、天国宅配便に恨み辛みをありったけ書いた手紙の配送を頼み、すべての恨みを晴らして死にたいというのが乃恵瑠の要求だったからだ。

今の乃恵瑠に考えられるのは、どうやったら相手の人生に爪痕を残せるかということだけのようだった。今までの年月を、〝ただの独り相撲だった〟では終わらせないという、強い憤りを感じる。自分の命を捨ててでも、相手に思い知らせてやりたい。自分がどれだけ傷ついたのかを——

なんとかしてなだめようとする社長の声がするが、「例えばアイドルだったら、テレビに出ているときの顔と実際の顔は違うものですから……」などと冷静に言って、余計に火に油を注ぐ始末だ。機関銃のように言い返す乃恵瑠の声を聞きながら、七星は、過去に受けたある依頼のことを思い出していた。

緑に囲まれたその施設は、円形で、真ん中に丸いラウンジがあった。薪を使う暖炉が片隅にあり、窓の外の庇の向こうには芝生が広がっていた。壁に沿って天井までの大きな本棚と、ピアノが置かれていて、誰でも弾きたいときに弾ける。中庭には居心地のよさそうなベンチもところどころにあって、季節によってバラが咲き、入居者の目を楽しませているようだった。木陰で気持ちよさそうに読書している人もよく見かけた。

その依頼人の名は、井森佳郎《いもりよしろう》と言った。ある病を患っていて、もう延命処置はしないと自分で決めてこの施設に入ったそうだ。佳郎は、つるりとしたゆで卵のような色白の顔に、枯れ草のような髪が少しだけのっている、五十四歳の男性だった。人当たりがよく、病棟の皆から、ヨシローさんヨシローさんと呼ばれ、「はいよー」と、いい返事で答えていた。数回打ち合わせをするうちに、杖から車椅子になって、車輪をこぎながらゆっくりやってくるようになったが、「ヨシローさん」「はいよー」という明るい返事と、のんびりした笑顔はそのままだった。

天国宅配便への依頼の打ち合わせは、一度で終わるときもあれば、その内容により、数度にわたることもある。佳郎とは打ち合わせを何度も重ねたことで、七星の印象にも強く残っていた。

なぜ、佳郎との打ち合わせの回数をそれほど重ねたかには、理由がある。

佳郎は、天国宅配便に依頼をしてきたのだが、贈り物の相手については打ち合わせのときに話したいということだった。さて誰に、何の贈り物を渡しましょうと聞く段になって、佳郎が黙りこんでしまった。

七星は、佳郎の言いたいことが決まるまで、じっと待った。そういうことはたまにある。人生の最後の贈り物として、誰に、何を送るか——それは、強く自分の人生の最期を思い起こさせる質問でもある。普段なら、誰もが意識の外に置いている事柄だ。だから、どんなに沈黙が続いても、七星は急かすことはしない。ただ、じっと答えを待つ。

佳郎の口から出てきたのは、七星が予想もしなかった答えだった。

「贈り物の相手は、お世話になった病院の先生や、看護師さんもいいかなと思うんだけど、それだったら、直接お礼を言えるから、特に天国宅配便に頼まなくてもいいんだよね。病棟の人たちもそう。僕、自分でお礼を言えると思う、もちろん、七星さんにもね」

佳郎は、明るい調子でそう言った。

「となると、僕は両親もいないし、親戚とも縁が切れているし、病院の外には友達もいないんだ。ものすごく好きな歌手とか、役者もいない。知り合いにも、ひとりも贈り物を渡せそうな相手がいないよ。僕は誰にも、何にも渡せないんだ。考えてみると、それってなんだかわびしい人生だよね」

声の調子は朗らかだったが、その表情はどこか寂しそうだった。

「でもね、誰かに、何かを残したいんだ。天国宅配便の話を聞いて、誰かに人生で最後の贈り物を渡せるって、いいなあって思ったんだよね。こんなのって、わがままかな」と言って、佳郎は笑う。

天国宅配便では、誰に何を送りたいかが、あらかじめ決まっている人が多いので、佳郎のケースは珍しい。何か贈り物を渡したいけれど、渡したい相手が、特に存在しない……。

病室で、ふたりして延々考え込む。お世話になった先生がいるか、幼稚園からたどっていったり、思い出していないだけで、今になって誰か会いたい人がいないか考えてみたり。昔の友達やクラスメイト、初恋の話を聞いたりして、ひとつひとつ、佳郎の人生を丁寧にひもといていく。それでも、佳郎が自分で言う通り、最後の贈り物を渡すのにふさわしい相手は、見つけることができなかった。

「じゃあ、こういうのはどうでしょうか」と七星がある提案をすると、「それいいね」と、佳郎は目を輝かせた。

　それから佳郎が何日も時間をかけて描いたのは、一冊の絵本だった。頭の丸い、謎のキャラクターが、「ひまだなあ」なんて言いながら、ぼんやりしている絵本だ。余白が多く、特にストーリーはない。感動的なオチや衝撃の展開もない。ただの、謎のキャラクターの日常が続く。絵も正直、あまり上手とは言えない。佳郎が絵を描いたことは今までほとんどなく、絵本を描くことも、もちろん初めてだったからだ。でもその上手ではないところが、見ようによっては独特な良さをかもし出していた。

佳郎は、その一冊の絵本を残して亡くなった。「天国宅配便の、七星さんのおかげだ。ありがとう」という言葉と共に。

七星はそっと立ち上がると、応接室の奥の棚から、佳郎の描いたその絵本を取ってきた。

乃恵瑠は今や、もう生きていたってしょうがない、手紙を送りつけて死んでやるんだ、ここで今死ぬ！　と泣きわめいていた。社長がなだめる言葉も、まったく届いていないようだ。

七星が持ってきた絵本のタイトルは『もぐらくんのまいにち』だった。表紙には、不思議ないきもの、丸い顔をしたもぐらくんがいる。

叫び終わった後の虚脱した目で、乃恵瑠は机の上の絵本を見た。

「これを、乃恵瑠さんに」

「なにこれ」

ひっくひっくと、乃恵瑠の身体が揺れている。目の周りの化粧が涙で流れ落ちてしまって、顎先で濁ったしずくとなっていた。社長がさりげなくティッシュの箱を差し出すも、無視される。

七星は言った。

「とにかく、この絵本と一週間過ごしてみてください。書き込みは自由です。すみませんが、この絵本を、またこの天国宅配便に持ってきていただきたいのです。この絵本を、他にも必要としている人がいるので……」

乃恵瑠がネイルのはげかけた指で、その絵本を強く押し戻す。

「こんなのぜんっぜんいらないいんだけど。何なの、絵本とか」

乃恵瑠は、依頼を受けてくれないばかりか、関係のないものを持ってきてお茶を濁そうとしていると思ったのか、怒りをあらわにしていた。

「一週間だけ、どうかこの絵本と過ごしていただけませんか。お願いします」

「はあ？　わけわかんない。依頼に来て、なんで読みもしない絵本なんて持って帰らなくちゃなんないいんだよ、あんたらふざけてんの？」

怒り続ける乃恵瑠をまあまあと押しとどめ、ふたりして説得してなだめる。乃恵瑠に、とりあえずでいいので、その絵本を家に持って帰ることを承諾してもらったときには、数時間が経過していた。

「絶対に一週間後には、わたしの依頼を聞いてもらう。絶対に。これは、絶対にだからね」

と何度も念を押しつつ、乃恵瑠が絵本を片手に帰っていくのを見送った。

「わかりました。一週間後に、もう一度お話を伺います」

と社長が言う。

扉が閉まって、七星と社長はふぅーっと無音で息を吐き出し、しばらくそばの椅子に座り込んだ。七星は額の汗を手で押さえる。

社長が静かに言った。

「コーヒー淹れようか」

「わたしもください」と七星も言いつつ、卓上で手のつけられていないお茶菓子から、四角いチョコレートを手に取った。

「糖分……糖分がほしいです。こういうときにはチョコレートです」「俺もくれ二枚」「じゃあわたしは三枚いただきます」

ふたりで食べると、また息をついた。甘みが少しずつ身体に染み渡っていく。


ちょうど一週間後。社長が買い出しに出て、七星がパソコンに向かって事務作業をしていたときのことだ。

扉を開けると、乃恵瑠がいた。髪を深い色に染め直して、長さも半分くらい切ったらしい。肩につかないくらいの長さになっている。パンツスーツを着ているので、この前とはまるで別人のように見えた。

乃恵瑠は、紙袋から、絵本をぶっきらぼうに取り出した。

「はいこれ」

　この前のはげかけたネイルはすべて落として、ベージュのネイルに塗り直してあった。

「こちらまで持ってきてくださって、ありがとうございます。もうじき社長も戻りますので……」と、七星が乃恵瑠を事務所の中へ招き入れようとすると、乃恵瑠はすっと目をそらした。

「あの件はもういいわ、別に」

　そう言うと、乃恵瑠はそのまま乗ってきたエレベーターに向かった。

　七星は、乃恵瑠の背中に何か言おうと思ったが、エレベーターの扉が七星を拒絶するように閉まった。乃恵瑠はこちらを一度も振り返らなかった。

　エレベーターのかすかな音がして、階下に乃恵瑠が降りたことを知る。


　七星は、しばらくその絵本『もぐらくんのまいにち』を机の上に置いたまま、眺めていた。

　表紙には、やっぱり不思議ないきもの、もぐらくんがいる。手書きのタイトル文字が、ちょっと右上がりになっているところも微笑ましい。このもぐらくん、やっぱり丸い顔がどことなく佳郎に似ている。その、のんびりとした様子も。

　七星は、その絵本を開いてみた。

一ページ目には、手書きでこんな言葉が書かれている。

〈この絵本を読んでいるひとへ。

この絵本を描いたぼくは、もうこの世にいません。亡くなってしまったあとです。ぼくには、家族もいないし、病院の外には友達も、知り合いもいません。でも、誰かに、何かをわたしたくなったのです。だから、あなたに、この絵本をわたします。よかったら、一緒にたのしんでください。あなたにひとつ、お願いがあります。この絵本に毎日ひとつ、何か描いてほしいです。そうしたら、ぼくはひとりですが、この絵本の中では寂しくないでしょう？〉

見開きの二ページには、頭の丸いもぐらっぽいいきものがいて、「ひまだなあ」と言っている。ページの隅で棒人間が寝ていた。「おれも　やる　ことがない」と書いてあった。もぐらくんの隣には、女の子っぽい線で、ヒヨコが描いてある。「ひまなの？」と訊いている。

次のページには、そのもぐらくんが、「おなかがすいたな。何か作ってほしいなあ」と言っている。するとヒヨコが「何が食べたいの。わたし、へただから、ラーメンくらいしか作れないけど、いいかな？」とある。湯気の立ったラーメンも、ちゃんとそばに書き添えてある。小さいけれどチャーシューもナルトも、海苔もついている。ラーメンは、もぐら用と棒人間用に大きいのと、ヒヨコ用に小さいのとが、三つあった。棒人間は、「おれの　土手煮

は　うまいぞ」と、身体は棒人間なのに、差し出す土手煮は細かく描いてあった。

その次のページでは、もぐらくんが、蝶ネクタイをつけていた。「見て見て、ぼく、おめかししたよ。いっしょに町に行こうよ」とある。棒人間が、「しょうがねえ　きょうは　おれが　おごってやる」と言う。するとヒヨコも、「わたしはケリーを買ったよ！　目が飛び出るほど高かったよ！　おでかけたのしみ！」と、自分の身体より大きなバッグを見せている。そんな感じで、すべてのページに、あとからキャラクターが描き足されてあった。

最後のページでは、もぐらくんが「今からどこに行こうか」と言っている。棒人間が「おれたちは　どこにだって　いけるさ」とちょっと格好をつけていた。ヒヨコは「へんな絵本だと思っていたけど、楽しかった。もぐらくんたち、また遊ぼう。またね。ヒヨコより」とある。

この絵本は、佳郎が描いた、人生で、最初で最後の絵本だ。

七星がこの絵本を受け取ったとき、描かれていたのはページの真ん中に、ひとりぽつんといる、寂しそうなもぐらだけだった。今までにも同じように、この絵本を依頼人に渡したことがある。そのたびにこの絵本は、ここへちゃんと戻ってきた。最初に棒人間が増えた。絵は下手だからと、隅に花を描き足した人もいる。何も描き込めなかった人も、一週間をもぐらくんとともに過ごして、またやってきた。

そして今は、ヒヨコがいる。乃恵瑠が毎日、絵本に描き足した新しい仲間だ。

七星は想像する。この絵本がいろんな人に描き足され、ネコやイルカや、いろんなキャラクターに、もぐらくんが囲まれるところを。きっと、世界でひとつの絵本になるだろう。この絵本は、ただの絵本にすぎないかもしれないが、今や、天国宅配便の大切な仲間だった。

人生には、あまりに辛くて、何もかもを終わらせたくなる日もあるだろうし、もうどうにでもなれと自暴自棄になる日だってあるかもしれない。それでも乃恵瑠は、最後のページに「またね」と書いた。ページを閉じたら終わりというわけじゃないし、もぐらくんはもうひとりじゃない。

今からどこに行こうか――

七星は、もぐらくんの絵本の裏表紙に、そっと触れる。

死は、誰も知らない遠い川の向こうかもしれないけれど、何もかもが終わって、すべてがゼロになってしまうわけではない。最後の贈り物が、生きている人の気持ちに触れることもきっとある、と七星は信じる。

もうすぐ社長が帰ってくる頃だ。今日もしっかり頑張ろうと、七星は大きく伸びをした。

絵本の裏表紙、『もぐらくんのまいにち』のもぐらくんが、「またね」と手を振っている。

初出

「いつかのファンレター」は「小説推理」二〇二四年二月号に掲載されました。
そのほかの作品は書き下ろしです。

柊サナカ●ひいらぎ さなか

1974年、香川県生まれ。日本語教師として7年間の海外勤務を経て、2013年「このミステリーがすごい！」大賞の隠し玉『婚活島戦記』でデビュー。中国、韓国、台湾をはじめ20ヶ国以上で翻訳が決定している『人生写真館の奇跡』のほか、『お銀ちゃんの明治舶来たべもの帖』、「谷中レトロカメラ店の謎日和」シリーズなど著書多数。

天国《てんごく》からの宅配便《たくはいびん》 時《とき》を越《こ》える約束《やくそく》

2024年4月20日　第1刷発行

著　者—— 柊サナカ

発行者—— 箕浦克史

発行所—— 株式会社双葉社

東京都新宿区東五軒町3-28　郵便番号162-8540
電話03(5261)4818〔営業部〕
03(5261)4831〔編集部〕
http://www.futabasha.co.jp/
(双葉社の書籍・コミック・ムックが買えます)

DTP製版—株式会社ビーワークス

印刷所—— 大日本印刷株式会社

製本所—— 株式会社若林製本工場

カバー印刷—— 株式会社大熊整美堂

ISBN978-4-575-24736-7 C0093

好評既刊

未知生さん

片島麦子

協調性がなくてマイペース、それでいて人畜無害な、いい人――そんな羽野未知生が不慮の事故に遭い、四十一歳の若さで突然この世を去った。葬儀に参列した高校の同級生や大学時代の元カノ、会社員時代の同期や上司は、在りし日の想い出を振り返りながら、自分自身の〈今〉を見つめ直す。未知生と生前関わった者たちの〈これから〉を描く書き下ろし長編小説。

本体一六五〇円+税　双葉社